# L'ART

# DE DINER EN VILLE,

## A L'USAGE

## DES GENS DE LETTRES.

### POËME EN IV CHANTS.

SECONDE ÉDITION REVUE ET CORRIGÉE.

Savant en ce métier, si cher aux beaux-esprits
Dont Montmaur autrefois fit leçon dans Paris.

BOILEAU, Satire 1.

A PARIS,

Chez DELAUNAY, libraire, Palais-Royal, galerie de bois;
COLNET, quai Voltaire.

1810.

# L'ART

# DE DINER EN VILLE,

## A L'USAGE DES GENS DE LETTRES.

DE L'IMPRIMERIE DE FAIN.

# PRÉFACE.

————

Quoi! vous allez faire une préface?

— Pourquoi pas?

— Vous m'avez toujours dit que les préfaces vous ennuyoient.

— Cela est vrai; je veux prendre ma revanche.

— Mais le public?

— Est-ce qu'on s'embarrasse aujourd'hui du public? Les auteurs se moquent de lui. Le public! Si on l'en croyoit, on ne feroit que de bons ouvrages, sans préface et sans notes.

— Il n'a pas tout à fait tort; on lui en donne tant de mauvais, précédés de si longues préfaces et de notes qui ne. finissent pas !

— Que mon ouvrage soit mauvais, c'est ce dont je ne conviendrai jamais ; je suis auteur. Quant à la préface et aux notes, elles grossissent merveilleusement un volume. Les libraires les exigent avec rigueur, et, quand on les leur refuse, ils les font eux-mêmes, et elles n'en sont pas plus mauvaises.

— Mais ce sujet a déjà été traité.

— Je vous attendois là, pour entrer en matière.

Vingt-quatre ans avant J. C., Horace disoit :

*Nil intentatum nostri liquere poetæ.*

Depuis Horace, que de poëmes ont été publiés ! Cependant le sujet que je traite est vierge encore. Je sais qu'un

poëte, plein d'esprit et de gaîté, a chanté les plaisirs de la table, et a décrit dans
des vers charmans tous les mets qui doivent composer un bon dîner. Je rends
hommage à son talent ; mais son poëme
ne péut être utile qu'aux riches, et ces
gens-là ne dînent que trop bien. N'ont-
ils pas d'ailleurs, je ne dis pas dans leurs
bibliothéques, mais dans leurs salles à
manger, le *Cuisinier impérial* et les trai-
tés profonds du savant Grimod, maître
en l'art de la gueule ?

J'ai consacré mes veilles à une classe
plus intéressante. Je me suis occupé du
bonheur des gens de lettres, de ces hommes précieux qui embellissent et éclai-
rent la société. Puisque malheureuse-
ment ils ont plus d'appétit que de dîners,
je veux les rapprocher de ceux qui ont
plus de dîners que d'appétit. Cette heu-

reuse réunion servira les écrivains et les lettres.

— Les lettres ? Et comment ? je vous prie.

— Depuis que les auteurs dînent mal, la littérature a dégénéré d'une manière sensible. Un mauvais dîner éteint l'imagination, énerve les ressorts de l'âme et glace tous les sens. Le vin de Suresne peut-il inspirer un poëte ? le fromage de Brie peut-il échauffer un orateur ? Je prie nos philosophes, qui connoissent si bien l'influence du physique sur le moral, de faire un traité sur ce sujet ; mais qu'il soit court et point ennuyeux, si cela leur est possible.

— Vous vous adressez mal. Est-ce que l'on peut les comprendre ? C'est d'eux qu'il faut dire ce que Scaliger disoit des Basques : *On croit que ces gens-là s'en-*

*tendent; moi, je n'en crois rien du tout.*

— Je vais donc rendre un service essentiel aux lettres, en enseignant à nos écrivains l'art important de dîner en ville, d'y dîner tous les jours, toute l'année, toute leur vie. L'influence d'une bonne table se fera bientôt sentir dans leurs écrits; on trouvera de la poésie dans leurs poëmes, sauf à n'en plus trouver dans la *Gazette de Santé;* leurs tragédies réussiront sans le secours d'un parterre bien composé, et sans coups de bâton; leurs comédies de bon ton n'atteindront pas sans doute à la gloire du *Départ pour Saint-Malo;* mais du moins elles seront moins tristes et moins fades, et en se prêtant un peu à la plaisanterie, on rira quelquefois au Vaudeville, aussi volontiers que l'on pleure à la Gaîté.

Vous le voyez ; mon poëme va changer la face de la littérature. Entreprise eut-elle jamais un but plus utile ? pourquoi Boileau ne l'a-t-il pas tentée ? Au lieu d'insulter ce pauvre Colletet *qui mandioit son pain de cuisine en cuisine,* que ne lui enseignoit-il les moyens de faire de bons dîners ? Au lieu de cet art poétique, qui a du bon, j'en conviens, mais dont Colletet se seroit fort bien passé, pourquoi le législateur du Parnasse n'a-t-il pas traité un sujet si digne de son talent ? J'en suis fâché pour le siècle de Louis xiv ; ce poëme manque à sa gloire.

Cependant, il faut l'avouer pour l'honneur de la littérature, les écrivains du dix-huitième siècle semblèrent avoir deviné la *parasitique*, et, sans doute, ils durent encore cette belle découverte aux progrès des lumières et à la perfectibilité de l'esprit humain.

A cette époque à jamais glorieuse, des hommes se sont rencontrés, d'un appétit incroyable, gourmands raffinés autant qu'habiles philosophes, capables de tout entreprendre et de tout oser pour se faire ouvrir les meilleures tables, également actifs et infatigables pendant le dîner et pendant le souper, si adroits et si prêts à tout, qu'ils ne refusoient aucune invitation, eussent-ils dû dîner deux fois en un jour.

Quel grand, quel intéressant spectacle! qu'il étoit beau de voir tous les écrivains assis aux tables des grands et des financiers, de tout ce qui avoit un nom et de l'argent! que ces hommes furent heureux de naître dans un siècle où tout favorisoit leur appétit!

C'est par eux que nous l'avons appris; c'est dans les mémoires de leur vie, qu'ils nous font connoître à combien de tables ils avoient leur couvert mis. C'est là que leur reconnoissance a éternisé les noms à jamais fameux des La Popelinière, des Beaujon et de tant d'autres qui ont laissé si peu d'imitateurs. C'est là, enfin, que des femmes devenues célèbres reçoivent les honneurs de l'apothéose, parce qu'une fois par semaine elles les invitoient à leurs banquets. Grâce à leurs dîners, l'immortalité de ces honnêtes bourgeoises est aussi assurée que celle de la mère des Gracques. Voilà, riches du jour, voilà ce que l'on gagne à traiter les gens de lettres. Vous vivez ignorés : donnez-nous à dîner, et votre nom traversera les siècles, à côté de celui de Mécène. Nous ne sommes point avares de nos éloges ; les comparaisons les plus brillantes ne nous coûtent guères, et je vous jure que nous divinisons les gens à bien bon compte.

On devine, sans que j'aie besoin de·le dire, que la littérature n'a point dégénéré à cette époque, comme l'ont prétendu quelques esprits chagrins. Le *Tableau littéraire*, que l'Institut doit couronner dans quelques jours, prouvera bien au-delà de l'évidence que le dix-huitième siècle a, sinon surpassé, du moins égalé son devancier. Or que répondre à un discours couronné par l'Institut ?

La décadence de la littérature date du jour où la révolution renversa toutes les tables et dispersa les amphytrions et les convives. C'est sans contredit le plus grand malheur qu'elle ait produit.

Mais ne cherchons point à approfondir un si triste sujet; et, puisque le mal est connu, hâtons-nous d'appliquer le remède convenable.

Chamfort comparoît ingénieusement

les gens de lettres, et surtout les poëtes,
à des paons à qui on jette mesquinement
quelques graines dans leurs loges, et
qu'on en tire quelquefois pour les voir
étaler leur queue; tandis que les coqs, les
poules, les canards et les dindons se pro-
mènent librement dans la basse-cour, et
remplissent leur jabot tout à leur aise.

Hommes de lettres! osez enfin rompre
les barreaux de vos loges; osez vous pré-
senter à ces tables somptueuses qui vous
sont interdites depuis trop long-temps.
Qui peut vous arrêter? Ah! je le vois,
c'est l'ennui que vous redoutez.

Heureux les sots! partout ils sont à leur
aise; partout ils se trouvent en famille.

C'est comme frère Lourdis, en entrant
dans le temple de la Sottise:

Tout lui plaisoit, et même en arrivant,
Il crut encore être dans son couvent.

Tout leur sourit, tout les amuse! tant ce qu'ils entendent ressemble à ce qu'ils disent!

Le sort des gens d'esprit n'est point aussi agréable ; ce n'est point chez leurs pairs qu'ils peuvent aller dîner ; il faut donc qu'ils supportent la sottise de leurs amphytrions. A la vérité, l'ennui ressemble au supplice des damnés ; mais, comme a dit notre La Fontaine : *J'aime à croire qu'on finit par s'y accoutumer.*

Au reste, ces pauvres riches ne sont si ennuyeux que parce qu'ils sont eux-mêmes très-ennuyés. L'ennui est une contagion ; amusez-les, c'est votre lot ; entretenez-les d'idées agréables ; descendez à leur portée ; faites-vous petits, afin de vous mettre à leur niveau : vous ne leur donnerez pas d'esprit ; on ne fait plus de miracles ; mais vous leur ferez croire qu'ils en ont, èt c'est un service dont ils vous sauront gré. Enfin, s'ils ne peuvent devenir aimables, vous verrez qu'à la longue, et à l'aide de leurs dîners, ils deviendront très-supportables.

Bientôt, étonnés de leur propre métamorphose, ils sentiront que c'est à leurs hôtes qu'ils doivent toute leur gaîté et le charme de leur nouvelle existence; et ils vous diront, dans leur langage, ce que dit le cocher de fiacre aux courtisannes, dans le *Moulin de Javelle* : « Vous » autres et nous autres, nous ne pou- » vons nous passer les uns des autres ».

Je n'ai plus qu'un mot à ajouter. J'ai souvent été effrayé par les difficultés de l'entreprise que j'exécute aujourd'hui ; mais les conseils, l'exemple de feu *** et le manuscrit qu'il m'a légué, ont soutenu mon courage chancelant. Trois mois se sont à peine écoulés depuis sa mort, et déjà le public ingrat ne pense plus à lui. L'amitié m'impose le devoir de payer un juste tribut de reconnoissance à cet écrivain distingué.

*** naquit à **, petit hameau de la Gascogne ; ses parens nous sont inconnus. Si une mort prématurée ne l'eût enlevé aux lettres dont il faisoit l'ornement, il auroit sans doute publié les Mémoires de sa vie, et nous y lirions avec attendrissement des détails précieux sur son père, sur sa mère, sur ses petits frères et ses petites sœurs. C'est une perte dont la littérature ne se consolera pas aisément.

Quoi qu'il en soit, *** arriva à Paris avec une provision de vers, fort honnête pour un poëte de province, et, dès les premiers jours, il débuta avec éclat dans l'Almanach des Muses, par un distique

que l'on citoit encore dans ma jeunesse. Ce distique étoit modestement signé : M. de ***. L'année suivante, il s'éleva à la gloire du quatrain, et signa : Le chevalier de ***; enfin, la troisième année, il mit le comble à sa réputation, par vingt bouts rimés qui parurent avec la signature du comte de ***.

Ce n'étoit pas par vanité qu'il agissoit ainsi; mais il avoit remarqué qu'on jugeoit avec indulgence les productions des gens de qualité, et, quoique les siennes fussent de véritables chefs-d'œuvres, une sotte méfiance de son talent lui faisoit employer cet innocent stratagème. « J'ai » fait, m'a-t-il dit cent fois avec naïveté, » j'ai fait des fables bien supérieures à » celles de M. de Nivernois; les siennes » ont été applaudies, parce qu'il étoit » duc et pair, et les miennes ne seroient

» pas lues. D'ailleurs les François sont
» toujours engoués de leur La Fon-
» taine ».

La sensation que ses pièces, insérées
dans l'Almanach des Muses, avoit pro-
duite, lui suscita bientôt de nombreux ennemis. L'envie, toujours acharnée contre
les grands talens, s'efforça de détruire
une réputation qui l'effrayoit. Elle trouva
des longueurs dans le distique, un pied
de trop dans un des vers du quatrain;
mais les bouts rimés, semblables à la lime
qui use les dents du serpent, furent vainement attaqués. Les connoisseurs les
placent encore au-dessus de tout ce qui
a paru dans ce genre.

*** ne crut pas avoir assez fait pour
sa gloire. Toujours avide de succès, il
entra dans la carrière épineuse du théâtre ; c'étoit là que ses ennemis l'atten-

doient, pour lui faire expier ses premiers triomphes.

Un grand nom est un poids difficile à porter.

*** l'éprouva. Peu de poëtes, de nos jours, peuvent se vanter d'avoir eu autant de pièces sifflées. Deux tragédies, qu'il composa avec une rapidité qui tient du prodige, ne purent être achevées à la première représentation. Aux Italiens, il tua sous lui trois musiciens ; les autres épouvantés prenoient la fuite à son approche, et refusoient de travailler sur ses paroles. Quelques jours après, il fut reçu dans une célèbre Académie, et son discours de réception fut encore sifflé, en dépit des règlemens, et malgré le respect dû à la majesté du lieu.

Je l'avois félicité sur ses succès ; je le consolai dans ses chutes, en lui montrant

dans le lointain la postérité qui le venge-
roit de l'injustice de ses contemporains.
Nous nous voyions tous les jours ; mais
jamais nous ne dînions ensemble. Il re-
cevóit chaque matin une invitation. Son
esprit, son bon ton, ses manières agréables le faisoient désirer à toutes les tables.
Aussi avec quel mépris superbe il parloit
des traiteurs ! comme il plaignoit mon
sort d'être obligé de payer chez ces gens-
là ( il ne les appeloit pas autrement ) un
dîner détestable, tandis que toute l'année
il savouroit, aux dépens d'autrui, des vins
exquis et des mets délicieux! « Mon ami,
» me dit-il un jour, j'ai perdu ma jour-
» née » : il n'avoit pas dîné en ville. Je
l'ai connu trente ans ; c'est la seule fois
qu'un pareil malheur lui soit arrivé. Je
lui demandois souvent par quels moyens
il avoit su se procurer une existence aussi

agréable? « C'est mon secret, me répon-
» doit-il ; vous ne le saurez qu'après ma
» mort ». Il m'a tenu parole.

La nuit du 3 au 4 septembre, nuit
désastreuse ! nuit effroyable ! il fut enlevé à la littérature et aux tables dont il
faisoit les délices.

Par son testament, après une longue
énumération de ses dettes, dont il assigne
le remboursement sur le produit de ses
pièces de théâtre, il me lègue un petit
manuscrit de deux feuillets, intitulé :

MOYENS QUE DOIVENT EMPLOYER LES GENS DE
LETTRES POUR ALLER DINER EN VILLE.

C'est ce manuscrit qui m'a fourni les
traits principaux de mon poëme.

# L'ART

# DE DINER EN VILLE,

## A L'USAGE DES GENS DE LETTRES.

## CHANT PREMIER.

J'ENSEIGNE dans mes vers comment un pauvre auteur

Peut des banquets du riche atteindre la hauteur.

Je dirai par quels soins, par quel heureux manége,

Il saura conserver un si beau privilége,

Et, sans prendre jamais un verre d'eau chez lui,

S'asseoir, un siècle entier, à la table d'autrui.

Toi qui laisses à jeun tes favoris fidèles,

Savant régulateur du chœur des neuf pucelles,

Apollon, Dieu des vers, viens inspirer mes chants;

Ma Muse engraissera tes malheureux enfans.

Hélas! sur le Parnasse ils font maigre cuisine;

On y dîne fort mal, si pourtant on y dîne.

Quoi! n'est-ce donc, grand Dieu, n'est-ce que pour les sots

Que le ciel bienfaisant créa les bons morceaux?


Mais, si Phébus est sourd à mon humble prière,

Jette sur mon sujet quelques traits de lumière,

Toi qui dans un seul jour dînois souvent trois fois,

O mon maître! ô Montmaur¹! daigne écouter ma voix.

Descends de ton donjon; communique à ma Muse

Les secrets importans qu'Apollon lui refuse;

Ouvre-moi tes trésors; dis comment d'un bon mot

A ceux qui te traitoient tu payois ton écot.

Age heureux ! siècle d'or ! où le poëte à table

N'avoit d'autre souci que celui d'être aimable.

Ah ! ce bon temps n'est plus. D'insensibles traiteurs

Osent, leur carte en main, poursuivre les auteurs.

Il faut rester au lit : tant il est difficile ,

Dans ce siècle de fer, d'aller dîner en ville !


Jamais jusqu'à l'échine un poëte crotté

A d'illustres banquets ne sera présenté.

De ces mets savoureux qu'un art brillant enfante

Il ne connoîtra point l'odeur appétissante.

C'en est fait ; qu'il renonce à ces vins que Bordeaux

Voit naître tous les ans sur ses brûlans côteaux.

Non, ce n'est pas pour lui qu'une liqueur mousseuse,

Et de sa liberté follement amoureuse,

3

Frémit dans sa prison, s'indigne de ses fers,

Et lance en pétillant son bouchon dans les airs.


Vous qui, le nez au vent, et la mine affamée,

D'une bonne cuisine épiez la fumée,

Vous à qui, dans ses dons, le ciel ne départit

Que l'ardeur de rimer et beaucoup d'appétit,

Sachez que dans ce siècle, où règne la sottise,

Mieux vaut Pradon couvert qu'Homère sans chemise.


Un sot, mis à la mode, est toujours fort bien vu.

Le mérite n'est rien; on rit de la vertu,

Et l'honneur tant vanté, l'honneur est peu de chose;

Mais, aux yeux du vulgaire, un habit en impose.

J'ai vu de vils laquais, échappés du Perron,

Recevoir, sans rougir, les honneurs du salon;

Tandis que, condamné sur sa mauvaise mine,

L'interprète des Dieux mangeoit à la cuisine.

Ainsi donc, de la mode étudiant les lois,

Il faut vous habiller pour la première fois.

Réjetez loin de vous ces étoffes grossières

Que Beauvais prépara pour le dos de vos pères ;

J'aime ce drap moelleux que Sédan a tissu

Pour embellir Mondor, jadis si mal vêtu ;

J'aime ce drap léger, dont la Tamise est fière,

Ce casimir soyeux, honneur de l'Angleterre,

Que chacun veut porter, depuis qu'il est proscrit...

Mais commençons d'abord par trouver un habit.

O toi, dont l'art a su réunir nos suffrages,

Toi qui fis d'Alembert et d'autres bons ouvrages[2],

Bienfaisante Tencin ! tu n'es plus ; ta bonté

Jadis de nos auteurs voiloit la nudité ;

Tes *chausses de velours* [3], chères à leur mémoire,

Non moins que tes romans , éternisent ta gloire.

D'un riche et doux tissu nos poëtes couverts

Affrontoient, grâce à toi , la rigueur des hivers.

Tu n'es plus. Ah ! permets qu'en ce burlesque ouvrage

D'un tendre souvenir je consacre l'hommage :

Les lettres et l'amour te pleureront long-temps.


Il suffit ; poursuivons nos travaux importans.


Suivez-moi. Voyez-vous cet ouvrier qu'on vante

Pour sa dextérité , pour sa coupe savante ?

D'un salut amical chatouillez son orgueil ;

Des gens de cet aloi c'est le fatal écueil.

Approchez ; dites-lui que tous les arts sont frères ,

Et doivent alléger leurs communes misères ;

Dites-lui, s'il le faut, pour attendrir son cœur,

Dites-lui qu'autrefois Apollon fut tailleur.

Les artistes du jour ont beaucoup de génie ,

Mais ne sont pas très-forts sur la mythologie.

Enfin, vous publiez un livre merveilleux ,

Un poëme en vingt chants ; faites luire à ses yeux

Son nom pompeusement cité dans la préface ;

Un bon habit, je crois , vaut une dédicace.


Victoire ! il est coupé ! - Quoi ? - Parbleu, votre habit.

Allez-vous marchander ? on le donne à crédit.

Mais comment le payer ? Question inutile !

Il est de s'acquitter un moyen très-facile ,

Infaillible, et pourtant qui n'est pas très-nouveau.

Ce soir, à Montansier, le spectacle est fort beau :

La pièce qu'on y joue est de vous tout entière :

Donnez à ce tailleur deux billets de parterre ;

Qu'il admire le plan, le sujet et les vers,

Et que pour son paîment il frédonne vos airs.

Peut-être des huissiers la sinistre cohorte

Viendra-t-elle un matin assiéger votre porte.

Que craignez-vous ? Riez de leur vaine fureur ;

A-t-on jamais saisi les meubles d'un auteur ?

Ne redoutez donc pas la justice importune ;

J'ai trouvé votre habit ; j'ai fait votre fortune.

Quittez cet air timide ; il n'est plus de saison,

Et venez sur mes pas chercher l'amphytrion.

Archiviste fameux des meilleures cuisines,

Conduis-nous, cher Grimod, aux tables les plus fines.

Dans des temps plus heureux, on trouvoit à Paris [4]

Des cercles renommés, où tous les beaux esprits,

Chassant les noirs chagrins, la sombre inquiétude,

De plaire et de manger faisoient leur seule étude.

Geoffrin les accueilloit [5].... Cette bonne Geoffrin

Qui voulut réunir les *bêtes* de Tencin [6],

Geoffrin que Marmontel pieusement honore,

Que célébroit Thomas, qu'un autre pleure encore.

Mais, quand, malgré les cris des auteurs gémissans,

La parque osa couper la trame de ses ans,

Une autre déité, la tendre Lespinasse [7],

Les recueillit encor, non loin de Bellechasse;

Son heureux abandon et ses douces langueurs,

Son air mélancolique attiroient tous les cœurs.

Près d'elle on éprouvoit un charme irrésistible;

Plus jeune que Geoffrin, elle fut plus sensible,

Et sut, reine adorée en sa nombreuse cour,

Cultiver à la fois les lettres et l'amour.

Pourtant, jusqu'à sa mort on crut qu'elle étoit sage.

Je me tais; mais Guibert en diroit davantage.


Bien d'autres, désirant vous entendre et vous voir,

Se disputoient entr'eux l'honneur de vous avoir.

Les repas se pressoient pour la semaine entière;

Vous diniez aujourd'hui chez La Popelinière[8],

Et demain chez Beaujon... jamais chez le traiteur.

Fatigué de ses pairs, souvent un grand-seigneur,

Très-connu par sa table et peu par ses ouvrages,

Pour le fauteuil vacant demandant vos suffrages,

Vous invitoit en corps à dîner avec lui.

De sa sombre grandeur vous dissipiez l'ennui;

Vos bons mots réveilloient sa langueur ennemie,

Car vous êtes fort gais... hors de l'académie.

Quelle époque pour vous, ô fortunés auteurs !

Vous étiez à la mode, autant que les vapeurs.

Paris, dans ces beaux jours gravés en ma mémoire,

Paris étoit pour vous un vaste réfectoire.

Vous souvient-il enfin que, dans un certain lieu,

On dinoit bien, pour peu qu'on ne crût pas en Dieu ?


Agréables banquets ! tables hospitalières !

Charmans amphytrions ! aimables douairières !

Vous avez disparu...... Chez qui dînerons-nous ?


Un auteur ne doit pas, facile aux rendez-vous,

D'un bourgeois économe, amphytrion vulgaire,

Partager tristement le très-mince ordinaire.

Regardons en pitié des mets si peu coûteux.

Celui qui dans l'Olympe, à la table des Dieux,

S'enivre tous les jours d'une liqueur choisie,

Ne boit que le nectar, ne vit que d'ambroisie,

Pourroit-il, sur la terre, ignoble dans ses goûts,

Déroger en mangeant d'insipides ragoûts ?

*Un dîner sans façon et sans cérémonie,*

On l'a dit avant moi, *n'est qu'une perfidie.*

Mais surtout évitons la soupe des rentiers,

Et tendons nos filets chez de gros financiers.

Dans cette classe encore il est un choix à faire :

L'un est mesquin, avare et fait très-maigre chère ;

L'autre tient table ouverte et vit avec honneur.

Celui qui se ruine est toujours le meilleur.

Ainsi donc, chez Mondor, faites-vous introduire ;

Le hasard, un ami pourra vous y conduire.

Mondor, ancien laquais, aujourd'hui financier,

De l'odeur de sa table embaume son quartier.

Jadis, quand il quitta son toit et son village,

Un modeste bâton formoit son équipage.

A Paris débarquant, sans argent, sans amis,

Parmi la valetaille empressé d'être admis,

Il brigua chez un grand l'honneur de la livrée ;

Tant son âme à la honte étoit bien préparée !

Bientôt la scène change ; audacieux fripon,

Conduit par la fortune, il s'élance au Perron ;

Au fond d'une taverne y fixe sa demeure,

Et gagne sans bouger, deux mille écus par heure.

Ce n'est pas tout ; son front d'un honteux bonnet vert,

Au mépris de nos lois, s'étant trois fois couvert,

De l'aveugle fortune il dirige la roue ,

Relève un nom flétri qui traînoit dans la boue;

Au défaut de l'estime , usurpe la faveur,

Et d'une éponge d'or lave son déshonneur.


Dans un palais superbe , embelli par ses maîtres,

Oubliant l'humble chaume où vivoient ses ancêtres,

Il couchoit sur la paille ; il dort sur l'édredon ,

Sur le crin élastique il jette à l'abandon

Ces membres vigoureux qui remuoient la terre

Et manioient le soc fabriqué par son père.

Là ; bercé dans les bras de son oisiveté ,

La douce illusion flatté sa vanité.


Bientôt à son réveil un brillant équipage

De son faste insolent fait voler l'étalage,

Ébranle tout Paris, éclabousse les gens,

Met en feu le pavé, renverse les passans;

L'un tombe; l'autre crie et la foule murmure:

Nobles délássemens d'un faquin en voiture.


Son goût n'est pas très-pur; mais ses vins sont exquis;

Sa table est tous les jours ouverte aux beaux esprits,

Parasites lettrés, errans chez l'opulence,

Et véritable impôt sur les gens de finance.

On l'écoute et jamais on ne le contredit;

Plus il est ennuyeux, plus chacun l'applaudit.

Qu'il prononce à son gré sur la pièce nouvelle,

Du couple débutant qu'il juge la querelle,

Son arrêt, sans appel, est celui d'Apollon;

Quand on donne à dîner, on a toujours raison.

Au défaut de savoir, il a cette impudence

Qué donne aux maltôtiers leur subite opulence.

Entendez-le : « Messieurs, je vous l'ai déjà dit;

» Ce Voltaire, entre nous, n'étoit pas sans esprit.

» Je le voyois souvent et le trouvois aimable;

» Il m'a lu son Irène; elle est fort agréable.

» Sa Lettre à l'archevêque est un joli morceau.

» Je n'en disconviens pas, je fais cas de Rousseau.

» Son Émile a du bon; sa Mérope est fort belle :

» Mais pourquoi publier cette horrible Pucelle?

» Je vous le dis encore : à tous nos grands auteurs

» Je préfère Piron.... Il respecte les mœurs.

» Estimable écrivain! Sa Didon, ses cantiques

» Ne peuvent offenser les oreilles pudiques.

» Hé! messieurs, sans les mœurs, les mœurs du

bon vieux temps,

» Que deviendroit la Bourse? un affreux guet-à-pens,

» Et des spéculateurs la ruine commune.

» Il faudroit quatre mois pour y faire fortune.

» Le sucre et le café se vendroient bien moins cher.

» Les rentes sur l'état s'élèveroient au pair :

» Déjà pour en avoir, voyez comme on se presse ;

» Alors tout est perdu ; car je joue à la baisse.

» Les mœurs! messieurs, les mœurs! répétons-le cent fois

» Ainsi qu'Helvétius dans son Esprit... des lois. »


Tel est Mondor ; j'ai peint ses travers, ses caprices,

Mes pinceaux indulgens n'effleurent pas ses vices.

Je vous vois à ces traits sourire de pitié ;

Ah ! si vous connoissiez sa bizarre moitié !

FIN DU PREMIER CHANT.

## CHANT SECOND.

O mes amis! fuyez, fuyez le mariage :

C'est un état fort triste et peu fait pour le sage.

Que de troubles secrets, que de soins, que d'ennui,

Sombre tyran des cœurs, il entraîne après lui!

A son joug odieux sachez donc vous soustraire ;

Laissez faire les sots, ils peupleront la terre.

Mais si tous les démons, contre vous déchaînés,

Vous ont dans leur fureur à l'hymen condamnés,

Méfiez-vous du moins d'une femme savante :

Mieux vaudroit mille fois une femme galante.

Ah! le nouveau phénix, le plus rare trésor,

La femme qui pour vous vaudroit son pesant d'or,

C'est celle dont l'esprit, sans art et sans culture,

Est tel qu'il est sorti des mains de la nature;

Qui, bornant son savoir à nourrir ses enfans,

Les couve avec orgueil de ses yeux triomphans,

Qui, jamais en public, Philaminthe nouvelle,

Ne déclamant ces vers qu'un autre a faits pour elle,

Des bravos que prodigue un cercle adulateur,

Repousse avec orgueil le flétrissant honneur.

Du financier Mondor telle n'est pas la femme,

A de plus nobles soins elle a livré son âme.

Son cœur cosmopolite et de bonté pétri

Aime tous les humains, excepté son mari.

Loin d'elle les devoirs et le titre de mère;

Ce sont des préjugés réservés au vulgaire.

Que d'autres à sa place élèvent ses enfans ;

Elle éclaire son siècle.... elle fait des romans,

Embrasse d'un coup d'œil toute la politique,

Sonde les profondeurs de la métaphysique,

Analyse notre âme et ses affections,

Dans leurs détours obscurs poursuit nos passions ,

Et prouve, d'après soi, que la mélancolie

Est le type certain d'un sublime génie.

Elle a pris pour devise : *A l'immortalité;*

Sur son voile est écrit : *Perfectibilité.*

Elle résout d'un mot, en plaçant sa fontange ,

Ces grandes questions qui terrassent Lagrange.

On voit sur sa toilette un Euler, un Pascal,

Salis et barbouillés de rouge végétal.

Elle trouve en Newton je ne sais quoi d'aimable,

Et l'algèbre a pour elle un charme inexprimable:

Le soir, dans un donjon, d'un regard curieux,

Au bout d'un astrolabe interrogeant les cieux,

Son œil observateur y poursuit la comète ;

Lalande tous les ans lui vole une planète.

A cette femme auteur, sophiste en cotillon,

Sachez plaire, ou bientôt, chassé de sa maison,

Il vous faudra, sans bruit, pressé par la famine,

Porter votre appétit à quelqu'autre cuisine.

Vantez donc son mérite, et, menteur effronté,

D'éloges imposteurs flattez sa vanité.


« Du cercle d'Apollon c'est la dixième muse;

» Elle efface Tencin, La Fayette et La Suse ;

» Sévigné n'eut jamais ce talent enchanteur,

» Ce style dont la force enlève le lecteur.

» On diroit que Vénus, dès qu'elle veut écrire,

» Aime à guider sa plume, et que Pallas l'inspire.

» Tout cède à son génie, et son roman nouveau

» De Genlis pâlissante éteindra le flambeau » !

Courage, mon ami ! courage ! le scrupule,

Quand on n'a pas dîné, devient un ridicule.

Célébrez ses appas et même ses vertus ;

Vantez tous ses romans que vous n'avez pas lus,

Et les vers qu'elle emprunte et les vers qu'elle achète.

Qui mentira, morbleu ! si ce n'est un poëte,

Un poëte affamé ?... Mais déjà dans son cœur

Le poison par degrés s'insinue en vainqueur.

Elle croit prendre place au temple de mémoire,

Et dans un songe heureux tend les bras à la gloire.

A sa table aussitôt vous serez invité :

Peut-on payer trop cher son immortalité ?

N'acceptez pas d'abord ; par une adroite amorce,

Résistez mollement, afin que l'on vous force :

Un ancien fournisseur vous attend chez Méot ;

Mais qui dit fournisseur a presque dit un sot.

Vous n'aimez pas ces gens dont l'esprit est vulgaire.

Ils ont l'art d'ennuyer ; dînez chez l'art de plaire.


Enfin, mon cher auteur, votre couvert est mis.

On se range, on se place, et je vous vois assis.

Respirons un moment et reprenons haleine.

Nous sommes arrivés ; mais ce n'est pas sans peine.

De l'étroite mansarde où vous loge Apollon,

A cette illustre table, à ce brillant salon,

Mesurez le trajet, et du ciel, en silence,

Bénissez , mon ami, la douce providence.

Oublier un bienfait : c'est un crime odieux !

Qu'un poëte qui dîne en rende grâce aux dieux.

Payez d'un souvenir cet artisan utile ,

Cet honnête tailleur, à vos vœux si docile :

Sans lui , sans cet habit dont il vous fit présent,

Vous dîneriez chez vous... et vous savez comment.


Mais un ventre affamé n'aura jamais d'oreilles ;

Le vôtre, déjà prêt à faire des merveilles ,

S'afflige du retard , et demande, tout bas ,

Pourquoi, le couvert mis , le dîner ne vient pas.

On a servi... Des mets le pompeux étalage

Provoque sa fureur et l'excite au carnage.

A cet empressement, à cette noble ardeur,

Qui ne reconnoîtroit l'appétit d'un auteur ?

Eh bien donc ! j'y consens ; il faut le satisfaire.

Pourtant il est encore un avis nécessaire.

Devez-vous manger peu ? mangerez-vous beaucoup ?

Boirez-vous sobrement ? boirez-vous coup sur coup ?

Recevez sur ce point d'une haute importance

Les utiles leçons de mon expérience.

Vous dînez aujourd'hui ; mais est-il bien certain

Que la fortune encor vous sourira demain ?

On ne le sait que trop, la déesse est volage :

Mangez donc pour deux jours, c'est un parti fort sage.

Je sais bien que Salerne en décide autrement ;

Son école vous dit : Mangez peu, mais souvent.

Ce précepte est fort bon : sans vouloir le combattre,

Vous mangez rarement, mangez donc comme quatre.

N'êtes-vous pas auteur ? Cette profession

Vous a mis à l'abri d'une indigestion.

C'est un bienfait du ciel ; sa bonté secourable

Daigne nous garantir des dangers de la table.

Par lui tout ici-bas est si bien ordonné,

Qu'auteur jamais n'est mort pour avoir trop dîné.

N'allez pas cependant vous gonfler de potage,

Sur un bœuf insipide assouvir votre rage ;

Aux yeux des vrais gourmands vous passeriez bientôt

Pour un de ces bourgeois qui toujours de leur pot

Offrent à leurs amis la fortune mesquine ,

Et dont la ménagère, en sa triste routine,

Ne sait rien qu'apprêter la soupe et le bouilli,

Et n'ose se permettre un très-maigre rôti

Qu'à ces jours solennels qu'on nomme jours de fêtes.

Un enfant d'Apollon a des goûts plus honnêtes :

Gardez-vous d'imiter cet auteur campagnard

Chez un nouveau crésus invité par hasard;

Qui parmi ces trésors qu'un art divin apprête

Ne trouvoit rien de bon et détournoit la tête.

Que dis-je? environné de mets délicieux,

Qui flattoient l'odorat, qui séduisoient les yeux,

Il regrettoit tout haut sa rustique cuisine,

Son vin du cabaret et sa chère mesquine,

Et du malin convive excitant le brocard,

Demandoit qu'on lui fît une omelette au lard.

Choisissez vos morceaux. D'un appétit vulgaire

Modérez la fureur pour mieux la satisfaire.

Allons, préparez-vous. J'aperçois les laquais

Chargés de mets nouveaux, succombant sous le faix.

Mais que vois-je, bon Dieu! vous diriez que la terre,

Des plaisirs de Mondor esclave tributaire,

Pour réveiller les sens de ce nouveau Broussin,

A doublé les trésors qui naissent dans son sein.

Quelle profusion ! mais ses goûts exotiques

Dédaignent ce qui plaît à nos palais rustiques :

Pour se le procurer, il faut trop peu de soin ;

Rien ne lui semble bon, que ce qui vient de loin,

Et sa table, admirant sa parure étrangère,

Se couvre des présens d'un nouvel hémisphère.

Et vain la politique, habile en ses ressorts,

D'une chaîne d'airain veut enceindre nos ports ;

L'intérêt se les ouvre, et, traversant les ondes,

Rapporte chez Mondor les produits des deux mondes.

Ah ! que fais-je, insensé ?, par un vers importun

J'irrite l'appétit de quelqu'auteur à jeun.


Olympis, au teint blême, à la gueule affamée,

Du haut d'un galetas hume cette fumée,

Dont l'agréable odeur, parfumant le quartier,

Monte, et va le trouver au fond de son grenier.

De ces mets inconnus la saveur nourrissante

Semble avoir ranimé sa verve languissante.

Il invoque sa muse ; il prend un *Richelet :*

Ses traits sont altérés ; son délire est complet.

Sur une chaise usée il trépigne, il s'agite ;

On diroit qu'Apollon et le presse et l'irrite :

Telle sur son trépied, pleine d'un saint transport,

Une vieille sybille interroge le sort.

Il compose... messieurs, craignons de le distraire,

Mais plaignons ses lecteurs et surtout son libraire.

Quel bruit vient me frapper ? entendez-vous sa voix

Exhaler tristement ces plaintes sur les toits ?


« Quoi ! cet obscur Mondor, Turcaret méprisable,

» Savourant sous mes yeux les douceurs de sa table,

» Tranquille, jouissant de son heureux destin,

» Sans cesse irritera mes désirs et ma faim !

» Et moi, fils d'Apollon, moi qui, sur le Parnasse,

» Suis l'égal de Delille et marche auprès d'Horace,

» Moi, dont la verve heureuse, et qui ne peut tarir,

» Embellit le papier qu'elle fait renchérir ;

» Pour prix de tant de vers, pour tant de renommée !

» Je vivrai tristement de gloire et de fumée !

» J'irai dans l'antre obscur d'un sale gargotier

» Prendre un maigre dîner, qu'encore il faut payer !

» Dois-je donc le souffrir? Non... Par cet Athénée

» Où, douze fois par an, ma tête couronnée

» Au-dessus du public s'élève avec orgueil ;

» Par l'Institut enfin qui me tend un fauteuil,

» Je jure que, bravant la fortune contraire,

» Je cesse dès ce jour un jeûne trop austère.

» Qu'à sa table Mondor se prépare à me voir ;

» Sans crainte, à ses côtés, je vais, je vais m'asseoir ;

» Et dévorant ces mets dont l'odeur m'importune,

» J'aiderai ce traitant à manger sa fortune ».

Il dit, et revêtu d'un habit tout poudreux,

Que les vers acharnés se disputent entr'eux,

Aussi prompt que l'éclair, il traverse la rue ;

La porte de Mondor déjà s'offre à sa vue.

Cependant l'appétit lui servant d'Apollon

Il a, chemin faisant, de son Amphytrion,

Dans un sonnet pompeux improvisé l'éloge.

Il frappe... Le portier, qui ronfle dans sa loge,

Se réveille en sursaut et tire le cordon.

Le poëte s'élance... —Arrêtez ! votre nom ?

— Olympis ;... un avis d'une importance extrême

Exige qu'à Mondor je parle à l'instant même.

Il y va de ses jours. —Montez; c'est au premier;

L'on vous introduira. Le vigilant portier

A ces mots se rendort; mais sa femme indiscrète

Par un coup de sifflet annonce le poëte.

Malheureux Olympis! tu pâlis de frayeur.

Ce fatal instrument a déchiré ton cœur;

O triste souvenir! Tu crois que le parterre,

Qui toujours à tes vœux s'est montré si contraire,

Au son de ses sifflets te poursuit en ces lieux!

Mais un nuage obscur déjà couvre ses yeux;

Il chancelle; bientôt ses membres s'engourdissent,

Sa force l'abandonne, et ses genoux fléchissent;

Au pied de l'escalier, sans chaleur et sans voix,

Il tombe... Il tombe, hélas! pour la dernière fois.


Plaignons son sort; mais vous que le ciel secourable

Veut bien initier aux douceurs de la table,

Prolongez par vos soins un plaisir incertain;

Je vous le dis encor; songez au lendemain.

De tous les animaux que l'appétit irrite,

Les auteurs, on le sait, digèrent le plus vite.

Quoi! dans leur estomac le ciel a-t-il donc mis

Cet active chaleur qui manque à leurs écrits?

Ou d'un pylore étroit l'indulgente nature

A-t-elle pour eux seuls élargi l'ouverture?

Je l'ignore. Buffon, qui n'étoit pas un sot,

Dans ses savans écrits n'en a pas dit un mot.

Qui pourroit à nos yeux dévoiler ce mystère?

Lacépède lui seul... mais il a mieux à faire.

Gardons-nous de traiter un si grave sujet,

Nous connoissons le mal; prévenons-en l'effet.

FIN DU SECOND CHANT.

## CHANT TROISIÈME.

Ingénieux enfans des bords de la Garonne,

Venez, que sur vos fronts je tresse une couronne.

Votre gloire, il est vrai, remplissant l'univers,

N'attend pas, pour briller ; le secours de mes vers.

Dès long-temps vous savez, sur la scène comique,

Faire rire aux éclats le plus mélancolique.

Vos mensonges fameux, vos combats, vos bonsmots,

Et surtout vos bons tours, impôt mis sur les sots,

Remplissent vingt recueils, œuvres récréatives,

De la gaîté gasconne immortelles archives.

En quoi pourroient mes vers accroître un tel renom?

Chers amis, je le sais; mais de votre beau nom

Puis-je ne pas orner les pages d'un poëme,

Où, pour nos écrivains, moderne Triptolême,

J'enseigne le grand art de dîner chez autrui ?

Jamais Gascon ne prit un verre d'eau chez lui.

Parasites que Rome et la Grèce ont vus naître,

Tombez à ses genoux, connoissez votre maître;

Et toi, poëte à jeun, dont le ventre affamé

Attend pour bien dîner ce poëme imprimé,

Pour te mettre bientôt au nombre des adeptes,

Son exemple vaudra mieux que tous mes préceptes.


A de nobles festins veux-tu te maintenir ?

Le premier des talens est celui de mentir.

D'un rustre, d'un faquin, encense les sottises;

Comme des traits d'esprit vante ses balourdises;

A ses fades bons mots, à ses grossiers lazzis,

Accorde, pour lui plaire, un aimable souris.

Dès qu'il ouvre la bouche, applaudis-le d'avance,

Et, s'il ne parle pas, admire son silence.

De ce manége adroit le succès est certain;

Mondor, se rengorgeant, t'invite pour demain.

Mais si des préjugés la voix se fait entendre,

Au rôle de flatteur si tu crains de descendre,

Retourne, philosophe, en ton sale grenier;

Avec les rats voisins partage un mets grossier,

Et, pour le juste prix de ton noble courage,

Mange avec dignité ton pain et ton fromage.

Tu reviens; je poursuis mes utiles leçons.

Tous ces vains préjugés sont de vieilles chansons;

D'un chimérique honneur ne fais point étalage ;

L'honneur, tyran des sots , est le jouet du sage.


A quoi bon conserver une sotte pudeur ?

L'usage a décidé ; tout poëte est menteur,

Horace le premier... Sais-tu pourquoi, dans Rome,

Mécène obtint jadis un brevet de grand homme ,

Et placé près d'Auguste, au siècle des beaux vers,

Partageoit avec lui l'encens de l'univers ?

Pourquoi les beaux esprits, lui consacrant leurs veilles ,

D'un rhytme adulateur chatouilloient ses oreilles,

Célébroient ses talens, vantoient tous ses ayeux ,

Et le faisoient monter au rang des demi-dieux ?

Sais-tu pourquoi son nom , éloge magnifique,

Aux protecteurs des arts même aujourd'hui s'applique?

C'est que Mécène avoit un fort bon cuisinier,

Un cuisinier artiste, expert en son métier ;

Des mets les plus friands sa table étoit fournie ;

Horace bien repu s'écrioit : Quel génie !

Ce que chez lui surtout il trouvoit de divin ,

Crois-moi, ce n'étoit pas ses aïeux, mais son vin.

Sans cet heureux nectar qu'à grands flots il fit boire,

Mécène auroit perdu tous ses droits à la gloire.

Des poëtes à jeun les muses aux abois,

Alors, pour le chanter n'auroient plus eu de voix ;

Plus de vers, plus d'encens ; à des tables nouvelles

Horace eût récité ses odes immortelles.


Au-dessus de Mécène élève ce traitant

Dont le rare mérite est en argent comptant.

Tu peux même au besoin le proclamer Auguste,

Et la comparaison lui paroîtra fort juste !

Que ton esprit fertile en prose comme en vers

Célèbre ses vertus et ses talens divers.

Que de son nom gravé les lettres majuscules

D'un brillant frontispice ornent tes-opuscules,

Et qu'un pompeux éloge offre à sa vanité

L'avant-goût savoureux de l'immortalité.


Peut-être voudra-t-il enlever cette crasse

Qui d'une croûte épaisse enveloppe sa race.

Caresse cette idée, et, d'Hosier à la main,

Dénature à l'instant quelque vieux parchemin.-

A ses yeux éblouis exhume avec adresse,

Écrits en vieux gaulois, ses titres de noblesse;

Et nourrissant l'orgueil d'un rustre ambitieux,

Pour prix de ses dîners donne-lui des aïeux.

Ils tenoient autrefois un rang considérable,

L'un d'eux par Pharamond fut nommé connétable;

A la chambre des pairs ils étoient tous assis

Auprès des Mortemars et des Montmorencis.

Dans mille endroits divers, nos plus vieilles chroniques

Racontent leurs exploits en termes magnifiques;

Mais, sous Philippe-Auguste, une intrigue de cour

Les forçant de quitter ce perfide séjour,

Ces nobles exilés, amis de la nature,

Allèrent de leurs champs contempler la verdure,

Et depuis, renonçant à de tristes honneurs,

Nouveaux Cincinnatus, dégoûtés des grandeurs,

Ils ont laissé dormir leur gloire héréditaire,

Et, par philosophie, ont labouré la terre.


Le sot! il croira tout; mais, pour mieux réussir,

Il est d'heureux instans qu'il faut savoir choisir.

Ne vas point dès l'abord, en entrant sur la scène

Crier à ce nigaud : Vous êtes un Mécène.

Attends que, des buveurs menaçant la raison,

Le pétillant Aï bouillonne en sa prison,

Et, prompt à terminer ses folâtres conquêtes,

Fasse, avec son bouchon, sauter toutes les têtes.

Alors tu peux tout dire; alors tout est souffert :

Tel doute à l'entremets, qui croit tout au dessert.


Il est enfin venu le moment favorable

De payer ton écot par un couplet aimable;

Que notre financière en soit l'unique objet :

Où pourrois-tu trouver un plus digne sujet?


Dirai-je par quel art tes vers sauront lui plaire?

Ton intérêt l'exige; il faut le satisfaire.

De Boileau suranné dédaigne les avis;

Des préceptes nouveaux de nos jours sont suivis.

Ne dis rien comme un autre.... Offres-tu cette rose

Qui toujours, pour la rime, est fraîchement éclose?

Dans un couplet galant étale ce jargon

Qui charme, qui ravit nos femmes du bon ton.

« *Madame*, diras-tu; *je vous rends à vous-même* ».

Ce qui ne s'entend pas, voilà ce que l'on aime.

Un style entortillé cause certain plaisir

Qu'on ne définit pas, qu'on ne peut que sentir.

Ah! que le naturel est une horrible chose!

Je le hais à l'excès. Je veux que sur la rose

Ton esprit bien tendu fasse cent calembours :

Qu'on n'entendra jamais, qu'on redira toujours,

Qu'enfin ton nom fameux, jusqu'au rivage sombre,

D'un célèbre marquis aille importuner l'ombre.

O de Bièvre ! ô mon maître ! incomparable auteur !

Pourquoi sur ton déclin fis-tu *le Séducteur ?*

Ainsi donc que ta plume, à l'énigme exercée,

Ne nous laisse jamais deviner ta pensée.

Que tes petits couplets, à force d'être obscurs,

Deviennent le tourment des OEdipes futurs.

S'exprimer clairement, sans recherche pénible,

D'un esprit contrefait est le signe infaillible.

Que ne puis-je en ces vers, pour hâter tes progrès,

Du style précieux t'expliquer les secrets !

Mais il est dans ce genre un grand modèle à suivre ;

C'est Démoustiers : ami, médite bien son livre.

Lui seul peut remplacer ces auteurs trop vantés,

Ces Grecs et ces Latins à tous propos cités,

Qui, dans leurs froids écrits qu'a dictés la nature,

Ne nous mettent jamais l'esprit à la torture,

Et n'ont reçu du ciel, avare en ses présens,

Qu'un sublime génie et beaucoup de bon sens.

Que Demoustiers soit donc ta lecture ordinaire;

*C'est avoir profité que de savoir s'y plaire.*

Son talent cependant commençoit à foiblir,

Parfois au naturel il sembloit revenir.

Il n'est plus, et la mort à propos vint le prendre;

Car ses lecteurs surpris commençoient à l'entendre.


Mais si, comme ton cœur, ton esprit simple et pur

N'ose encore aspirer à l'honneur d'être obscur;

Dégoûté des rebus que tout Paris admire,

Si, pour être compris, tu crois qu'il faille écrire,

Il est des lieux communs, et cependant fort beaux,

Qui, depuis deux mille ans, semblent toujours nouveaux :

Le *Trésor des Boudoirs* et l'*Almanach des Grâces*,

Vingt autres almanachs qui marchent sur leurs traces,

A ta muse novice offrent des vers heureux

Dont tu peux enrichir tes couplets amoureux.

Dans ces recueils où l'art embellit toute chose,

Chaque objet s'applaudit de sa métamorphose.

Le plus hideux visage et le plus rebutant

S'y transforme soudain en un astre éclatant.

Un poëte, oubliant qu'elle est borgne et boiteuse,

Sous le nom de Philis chante sa ravaudeuse ;

Ses yeux vifs et perçans lancent des traits vainqueurs

Qui commandent l'amour et captivent les cœurs.

Séduisante sans art, et belle sans parure,

Elle a de Vénus même emprunté la ceinture.

Aux chaleurs de l'été , sous un soleil brûlant ;

Va-t-elle pour cinq sols , dans un bain dégoûtant,

Laver un corps crasseux et des appas immondes ,

C'est encore Vénus sortant du sein des ondes.

Mais quoi ! de mes leçons je te vois révolté !

Diviniser des sots outrage ta fierté.

Je n'ajoute qu'un mot ; mais ce mot en vaut mille :

Flatter est le seul art d'aller dîner en ville.

Hé ! n'avons-nous pas vu des poëtes penseurs ,

De ma triste patrie ardens réformateurs ,

De ces grands qu'ils trouvoient si vains, si méprisables,

Philosophes gourmands, environner les tables ?

Aux abus du pouvoir ils vouloient mettre un frein ;

La dignité de l'homme étoit leur seul refrain.

Cependant, à l'affût des meilleures cuisines,

Ils savoient adoucir leurs farouches doctrines ,

Et, pour de bons dîners vendant leur Apollon,

Ils dénigroient les rois, mais ils chantoient Beaujon.

Marche donc sur leurs pas.... dans ce métier facile,

Le plus sot est souvent un homme fort habile :

La plus fade louange est toujours de saison.

Déjà je vois en toi l'ami de la maison :

Mais rendons ta victoire encor plus assurée ;

Les maîtres sont à nous ; conquérons la livrée.

FIN DU TROISIÈME CHANT.

# CHANT QUATRIÈME.

Par d'insolens laquais, au regard effronté,

L'honnête parasite est souvent insulté.

On diroit que le ciel tout exprès les fit naître

Pour tourmenter les gens qui dînent chez leur maître;

Mais surtout d'un auteur la mine leur déplaît.

Chaque morceau qu'il mange est un vol qu'il leur fait :

Aussi cette canaille à l'envi le brocarde ;

Frontin, d'un air moqueur, en passant, le regarde;

Les autres de le voir paroissent étonnés ;

Jusqu'au petit jokei qui vient lui rire au nez ;

Enfin le chien griffon, instruit par leur malice,

Aboie à son approche et le mord à la cuisse.

Vainement sous les yeux d'un maître respecté,

Tu te crois à l'abri de leur malignité :

Ce valet, à ton air, qui te juge poëte,

D'un ris mal étouffé pouffe sous sa serviette ;

Servir un pauvre auteur révolte sa fierté ;

Il insulte tout bas à ta voracité.

Demandes-tu d'un plat ? Il fait la sourde oreille,

En place de gigot t'apporte de l'oseille ;

Ou bien, lorsqu'un morceau, non sans peine obtenu,

Flatte ton appétit trop long-temps retenu,

Écartant avec art ton avide fourchette,

Le traître l'escamotte en te changeant d'assiette :

Étrangles-tu de soif ? Il te donne du pain ;

C'est du pain qu'il te faut, il te verse du vin.

Heureux, si quelquefois, pour combler ta détresse,

Le drôle, adroitement feignant la maladresse,

Sur ton unique habit, passe-port chez les sots,

D'un jus gras et brûlant n'épanche pas les flots.

Étouffe, quoi qu'il fasse, une rage impuissante ;

Ménage des valets la race malfaisante ;

Il faut songer à tout : qui sait si, quelque jour,

Ce laquais devenu maître et riche à son tour,

De l'hôtel de Mondor faisant même l'emplète,

Ne voudra pas encor hériter du poëte,

Et, pour prix d'un affront patiemment souffert,

Ne viendra pas t'offrir à sa table un couvert ?

Digère, en attendant, ses gentilles malices ;

Fais plus : avec douceur offre-lui tes services.

Il ne sait pas écrire : à l'instant que ta main

Trace sous sa dictée une épître à Germain,

Un poulet à Nérine, un état des emplètes,

Qu'avec un fort grand gain pour son maître il a faites ;

Pour Marton, s'il le faut, fais-lui quelques couplets.

Je te l'ai déjà dit : ménage les valets.

Il en est un surtout qui, par son ministère,

Peut être à tes desseins favorable ou contraire.

C'est celui qui, gardant le seuil de la maison,

Attentif au marteau, tient en main le cordon,

Voit quiconque entre ou sort, en passant l'interroge,

Et pour les visitans tient registre en sa loge.

Ah ! crains de lui déplaire ; il te diroit toujours :

« Ils sont à la campagne allés passer deux jours ;

» Ou bien : ils sont en ville, ou : l'on n'est pas visible ».

Gagne donc de l'hôtel ce cerbère inflexible :

Ses enfans sont hideux, sales et contrefaits ;

Vante leur propreté, leur bon air, leur teint frais :

Badine avec son chien ; sur le dos de sa chatte

Passe de temps en temps une main délicate,

7

Pour sa femme surtout de respect sois pétri :

Elle règne à la porte et mène son mari.

Elle est vaine, méchante et communicative ;

Qu'en apparence au moins son babil te captive ;

Écoute sans ennui ses éternels caquets

Sur elle et son époux, le frotteur, les laquais ;

Sur monsieur, sur madame et sur leur demoiselle,

Sur l'ancienne soubrette ou bien sur la nouvelle,

Sur les voisins enfin. La loge d'un portier

Est le vrai tribunal où se juge un quartier.


Mais, plus puissant encore, un autre personnage

Demande tes respects, a droit à ton hommage :

C'est Marton ; la livrée obéit à sa voix :

Souvent le maître même est soumis à ses lois.

De tes soins délicats qu'elle soit la conquête ;

Adresse-lui tes vœux..... Tu détournes la tête !

Insensé ! de Marton tu dédaignes le cœur !

Tant d'orgueil entre-t-il dans l'âme d'un auteur,

Et d'un auteur à jeun qui veut dîner en ville ?

Vraiment il te sied bien d'être aussi difficile !

Moins altier, mais plus sage, un poëte 9 autrefois,

Issu du même sang que celui de nos rois ,

Oubliant à propos son auguste lignage,

Par un utile hymen payoit son blanchissage :

Et toi, tu rougirois de faire un doigt de cour....

Ah ! qu'au moins l'appétit te donne de l'amour.

Tu ne connois donc pas l'important ministère

Que Marton sait remplir dans l'ombre du mystère

Soubrette n'eut jamais d'aussi rares talens ;

C'est elle qui remet les poulets aux galans ;

Et, leur ouvrant le soir une porte secrète,

Leur fait voir sa maîtresse ailleurs qu'à sa toilette.


Enfin, goûtant le fruit de mes sages avis,

Tous les jours chez Mondor je vois ton couvert mis :

Tu règnes en ces lieux ; sa table est ton empire.

Présent, il te caresse ; absent, il te désire.

Admirant ton esprit, sa femme, chaque soir,

Pour te lire ses vers, t'appelle en son boudoir ;

Te soumet ses romans, effroi de son libraire,

Et même avec bonté te permet de les faire.

Tout change : le jokey, moins vif et moins bouffon,

Daigne par fois répondre à ton salut profond ;

D'un regard dédaigneux, l'antichambre en silence,

Moins prodigue d'affronts, adoucit l'insolence.

Tu parois : aussitôt l'on t'annonce ; et Frontin,

Ce superbe laquais, si fier et si hautain,

Dèvenu tout à coup facile et débonnaire,

S'abaisse jusqu'à toi, te permet de lui plaire.


La maison tout entière est prise en tes filets;

Ta souplesse a conquis le maître et les valets.

Mais, quand on croit toucher au faîte de sa roue,

De notre illusion la fortune se joue.


Elle à frappé Mondor d'un coup inattendu:

Ses projets sont détruits; son crédit est perdu.

Que dois-tu faire alors? rester? prendre la fuite?

Dans le récit suivant tu liras ta conduite.


Naguère dans Paris le traitant Floridor,

Dont tant de créanciers se souviennent encor,

Avoit, en s'amusant, soit bonheur, soit adresse,

Gagné des millions à la hausse, à la baisse.

De ce profit honteux il usoit noblement,

Mangeoit comme un glouton et pensoit sobrement.


Cet heureux financier, enfant de la nature,

Étoit-fort étranger à la littérature ;

Il violoit la langue en tous ses plats discours,

Et dans nos bons journaux ne lisoit que le *cours* ;

Mais, la bourse fermée, il ne savoit que faire ;

A sa table du moins il vouloit se distraire,

Et, pour chasser l'ennui qui galope les sots,

A nos mauvais auteurs servait de bons morceaux.

Il invitoit, sans choix, ce frétin du Parnasse,

Qui, pour un bon dîner, offre une dédicace,

Ces écrivains féconds que l'on n'a jamais lus,

Ces enfans d'Apollon à leur père inconnus.

A leur tête, Damon, gourmand insatiable,

Tenoit chez Floridor un rang fort honorable;

Il avoit, le premier, dans des couplets charmans,

Chanté l'amphytrion, sa femme et ses enfans,

Son immense crédit, ses talens en finance,

Et de tous ses calculs l'heureuse prévoyance.

Même, le vin aidant, une fois au dessert,

Il l'appela tout bas successeur de Colbert.

Aussi, dès qu'il avoit déplié sa serviette,

Les mets les plus exquis assiégeoient son assiette

On lui gardoit toujours ce morceau du gigot

Qu'en un savant journal a célébré Grimod,

Ce morceau qu'un gourmand d'un œil avide observe,

Que l'adroit D*** avec soin se réserve,

Ce morceau savoureux; si cher aux amateurs,

Mais que ne connoît pas le peuple des mangeurs.

Le champagne pour lui recommençoit sa ronde,

Et Bordeaux l'abreuvoit de sa liqueur féconde.


Hélas ! ces jours heureux, et trop tôt éclipsés,

Par des jours de douleur se virent remplacés.

A peine sur la place un sinistre murmure

Eut-il de Floridor flétri la signature,

Et du fatal bilan lugubre avant-coureur,

Aux pâles créanciers annoncé leur malheur,

Que l'on vit à l'instant les muses mercenaires

En foule se presser aux tables étrangères,

Et fidèles à l'or, mais non pas à l'honneur,

A de nouveaux traitans se vendre sans pudeur.

Tels ces oiseaux frileux, sitôt que la nature

Par de tristes apprêts annonce la froidure,

S'assemblent à la hâte , et , fuyant nos frimats ,

Passent par escadrons en de plus doux climats :

Tels on vit nos auteurs , parasites volages ,

Fuir et porter ailleurs leurs vers et leurs hommages.

Où courez-vous ? De grâce, arrêtez , imprudens !

Observez la cuisine et ses fourneaux ardens :

De votre amphytrion le sort est déplorable ;

Mais a-t-il annoncé qu'il réformoit sa table ?

Damon n'imite pas ces faux amis du jour,

Qu'un désastre subit éloigne sans retour.

Fidèle à ses devoirs , à l'amitié fidèle ,

Des Pylades futurs il sera le modèle.

« Ne quittons pas , dit-il , un ami malheureux.

» L'infortune a des droits sur un cœur généreux,

» Moi seul adoucirai ses peines, ses alarmes;

»´Aux larmes qu'il répand je mêlerai mes larmes,

» Les pleurs qué l'on confond paroissent moins amers;

» J'ai joui de ses biens : partageons ses revers.

» Fuyez, amis trompeurs; allez, troupe importune,

» D'un traitant plus heureux adorer la fortune.

» L'intérêt vous prescrit cette infidélité;

» Moi, je suis le conseil que l'honneur m'a dicté,

» Et tant que Floridor conservera sa table,

» Il verra qu'il lui reste un ami véritable,

» Un de ces amis sûrs, si rares aujourd'hui:

» Oui, jusqu'au dernier jour, je dînerai chez lui ».

Fidèle à ce serment, Damon eut le courage

D'y manger plus souvent, d'y manger davantage.

On vanta son bon cœur, sa sensibilité;

Le trait étoit nouveau; partout il fut cité.

Il devint le sujet d'un drame sans malice

Qui balança deux jours le succès de Jocrisse ;

Deux jours entiers la pièce attira tout Paris ,

Et même les banquiers en furent attendris.

Du sensible Damon l'âme compatissante

Se livra tout entière à l'amitié souffrante :

Le matin il voloit chez son cher Floridor,

Et le soir, à souper, on l'y trouvoit encor.

Tendre consolateur, convive inébranlable ,

Il partagea toujours ses malheurs et sa table.

Mais quand des créanciers l'insolente clameur,

Jusques sur la cuisine étendant sa fureur,

De vingt fourneaux brûlans vint éteindre la flâme :

« Ah ! ce dernier malheur doit accabler mon âme ;

» Fuyons, dit-il, fuyons ; mes soins sont superflus :

« Comment vivre en ces lieux puisqu'on n'y dìne plus »?

Il dit, et décampa.... Banquiers, gens de finance,

Courtiers et cordons bleus de la banque de France,

Chacun voulut l'avoir.... Mais par l'honneur guidé.

Il soutint constamment son noble procédé.

Toujours de Floridor il vantoit le mérite;

Soupirant, l'œil humide, excusoit sa faillite.

Contre ses faux amis il s'indignoit encor;

Sans cesse il l'appeloit: ce pauvre Floridor;

Et, par un de ces traits qu'un cœur sensible inspire,

Une fois à sa porte il vint se faire écrire.


C'est ainsi qué ma muse égayoit ses loisirs,

Lorsque deux Champenois[10], consultant nos plaisirs,

Démentoient leur pays par des *Lettres* aimables.

Des drames couronnés, critiques équitables,

Ils condamnoient le plan, le sujet et les vers,

Et jugeant l'Institut qui juge de travers,

Des poëtes assis sur leur char de victoire

Déchiroient le laurier, et flétrissoient la gloire.

Quelle audace!.. Pour moi, je crus, tant j'avois peur,

Que les Dieux irrités, signalant leur fureur,

Vengeroient cette injure, et qu'armés de leur foudre

Ils réduiroient soudain les Champenois en poudre.

Mais, non; nous avons vu triompher le bon goût:

Ainsi que l'Institut, la Champagne est debout.

Je l'avoue : elle attaque un tribunal auguste;

Mais que faire, Messieurs? Si la critique est juste,

Et si, sachant unir la grâce à la raison,

Nos Champenois du ciel ont reçu l'heureux don

D'amuser, de convaincre, et de plaire et d'instruire,

Le parti le plus sage est celui de les lire.

FIN DU QUATRIÈME ET DERNIER CHANT.

# NOTES.

Page 24, vers 12.

### O Montmaur! ô mon maître!

ILLUSTRE parasite que son esprit, ses bons mots et son
appétit ont immortalisé. Sallengre a publié des Mémoires sur ce grand homme. En les lisant, on croit lire une
des vies de Plutarque.

Il fit d'abord le métier de charlatan à Avignon, où il
gagna beaucoup d'argent ; mais un ordre du magistrat
l'ayant fait sortir de cette ville, il vint à Paris, s'appli-
qua au droit, et se fit recevoir avocat. Enfin en 1623,
Jérôme Goulu, professeur de langue grecque au Collége-
Royal, lui vendit sa chaire. Montmaur avoit infiniment
d'esprit, et même d'érudition ; il avoit lu tous les bons
auteurs de l'antiquité ; et, aidé d'une prodigieuse mémoire, jointe à beaucoup de vivacité, il faisoit des ap-
plications très-heureuses des traits les plus remarqua-
bles. Il est vrai que c'étoit presque toujours avec malignité, ce qui excita contre lui la fureur de tous ceux qui
furent l'objet de ses plaisanteries.

Il logeoit dans un donjon du collége de Boncourt,

dans l'endroit le plus élevé de Paris, afin, disoient ses ennemis, de mieux découvrir la fumée des meilleures cuisines. Comme il recevoit souvent deux ou trois invitations pour le même jour, craignant d'en manquer une seule, il fut obligé d'acheter un cheval, qui étoit toujours nourri aux frais de ceux qui invitoient son maître.

Admis chez toutes les personnes de qualité, Montmaur les amusoit par ses ingénieuses réparties. Aussi disoit-il souvent : *Qu'on me fournisse les viandes, je fournirai le sel.* Il le répandoit à pleines mains aux tables où il se trouvoit ; mais c'étoit surtout aux mauvais poëtes qu'il en vouloit. Un jour, chez M. de Mesmes, un rimeur détestable vantoit beaucoup des vers qu'il avoit composés en l'honneur d'un lapin. *Ce lapin-là n'est pas de garenne ;* lui cria brusquement Montmaur, *servez-en d'un autre.* Il dînoit chez M. le chancelier Seguier : en desservant, on laissa tomber du bouillon sur lui : il dit, en regardant le chancelier qu'il soupçonnoit être l'auteur de cette plaisanterie : *Summum jus, summa injuria.* Jeu de mots fort ingénieux pour ceux qui entendent le latin.

Un domestique s'amusant à lui retirer son assiette, sans lui laisser le temps de manger une aile de poulet qu'on venoit de lui servir, il lui donna sur la main un coup du manche de son couteau, en lui disant : *Apprenez à lire, mon ami, et ne prenez pas les ailes* (L) *pour des os* (O).

Les convives bavards lui étoient insupportables. Étant

un jour à table avec plusieurs personnes qui parloient fort haut, et ne s'arrêtoient jamais : *Eh ! messieurs*, leur dit-il, *un peu de silence, on ne sait ce qu'on mange.*

Quelqu'un ayant dit que les médecins grecs soutenoient qu'il falloit dîner légèrement, mais manger davantage à souper ; et que les Arabes, au contraire, croyoient qu'il falloit faire un léger souper, mais un bon dîner. *Eh bien !* dit Montmaur, *je dînerai avec les Arabes, et je souperai avec les Grecs.*

Un avocat, fils d'un huissier, résolut de le mortifier, en dînant chez le président de Mesmes. Il convint avec d'autres convives de ne point le laisser parler : ils devoient se relever les uns les autres ; et dès que l'un auroit achevé de parler, un autre devoit prendre la parole. Montmaur arrive ; l'avocat crie : *Guerre ! guerre !— Monsieur*, lui dit notre professeur, *vous dégénérez, car votre père a crié toute sa vie : Paix-là ! paix-là !* L'avocat fut si déconcerté qu'il ne put dire un mot de tout le dîner.

On pourroit faire un joli recueil intitulé : *Montmauriana.* On mettroit en tête un abrégé de la vie de cet homme vraiment illustre, et ce petit volume seroit le bréviaire de tous les auteurs qui vont dîner en ville.

² Page 27, vers 14.

Toi qui fis d'Alembert et d'autres bons ouvrages,
Bienfaisante Tencin.

D'Alembert étoit fils de madame de Tencin et du

chevalier Destouches; il fut exposé sur les marches de l'égli_
se de S.-Jean-le-Rond, et recueilli par une pauvre vitrière,
qui lui donna tous les soins d'une mère tendre. On rapporte que madame de Tencin, lorsque les talens de ce
fils commencèrent à jeter quelqu'éclat, voulut se faire
connoître à lui, et que le jeune géomètre, peu sensible
à cette marque tardive et équivoque d'amour maternel,
répondit : *Je ne connais qu'une mère, c'est la vitrière.*
« J'aime à croire, dit M. Auger, auteur d'une excel-
» lente Notice sur madame de Tencin, j'aime à croire
» que, dans cette occasion, son cœur se reprocha bien
» vivement d'avoir sacrifié le plus doux et le plus natu-
» rel des devoirs au soin d'une réputation qu'elle avoit
» déjà fortement compromise ».

Sa maison étoit le rendez-vous des savans et des gens
de lettres. Fontenelle et Montesquieu étoient les per-
sonnages les plus assidus de sa société. « On ne pouvoit,
» dit Duclos, avoir plus d'esprit, et elle avoit toujours
» celui de la personne à qui elle avoit affaire ». Douée
de beaucoup de finesse et de vivacité, entourée con-
tinuellement d'hommes aimables et spirituels, il n'étoit
pas possible qu'il ne lui échappât, soit des mots pi-
quans, soit de ces traits d'observation ou de sentiment
qu'on rencontre si souvent dans ses ouvrages. *Les*
*gens d'esprit,* disoit-elle, *font beaucoup de fautes en*
*conduite, parce qu'ils ne croient jamais le monde*
*assez bête, aussi bête qu'il l'est.* Elle disoit un jour
à Fontenelle, en lui posant la main sur le cœur :

*Ce n'est pas un cœur que vous avez là, mon cher Fontenelle; c'est de la cervelle comme dans la tête.* Le philosophe se reconnut dans ce mot, et ne s'en formalisa pas.

³ Page 28, vers 3.

*Tes chausses de velours...*

Madame de Tencin donnoit pour étrennes aux hommes de lettres admis chez elle, deux aunes de velours; ils s'en faisoient faire des culottes. C'est à propos de ces deux aunes de velours, que le respectable M. de Landine s'écrie avec une véhémence philosophique : « Hommes de lettres, vous êtes bien » plus respectables sous le vêtement simple et modeste » qui vous couvre, que sous le velours fastueux. Laissez » aux riches ces décorations et ces vains attributs de la » puissance ». Cette apostrophe est fort belle, sans doute; mais le philosophe fait semblant d'ignorer que le velours est plus chaud que *le vêtement simple et modeste qui nous couvre.* J'ai vu encore dans ma jeunesse beaucoup de ces culottes de velours, et, en mon âme et conscience, ceux qui les portoient ne me paroissoient pas revêtus *des attributs de la puissance.* On n'en rencontre plus aujourd'hui, parce que, sans doute, elles auront disparu le jour où toutes les culottes furent proscrites en France.

## ⁴ Page 31, vers 1.

Dans des temps plus heureux on trouvoit à Paris.

Madame de Lambert donnoit à diner aux gens de lettres tous les *mardis*. Ces *mardis* sont devenus célèbres par les lettres de Lamotte et de Madame la duchesse du Maine. Lamotte avoit écrit à cette princesse, au nom du *mardi*; la duchesse du Maine lui répondit :

» O mardi respectable! mardi imposant! mardi plus
» redoutable pour moi que tous les autres jours de la
» semaine! mardi qui avez servi tant de fois au triomphe
» des Fontenelle, des Lamotte, des Mairan, des Mont-
» gault! mardi auquel est introduit l'aimable abbé de
» Bragelonne, et, pour dire encore plus, mardi où
» préside Madame de Lambert! je reçois avec une
» extrême reconnoissance la lettre que vous avez eu
» la bonté de m'écrire; vous changez ma crainte en
» amour, et je vous trouve plus aimable que tous les
» mardis gras les plus charmans; mais il me manque
» encore quelque chose, c'est d'être reçue à votre au-
» guste sénat. Vous voulez m'en exclure en qualité de
» princesse; mais ne pourrois-je pas y être admise en
» qualité de bergère? Ce seroit alors que je pourrois
» dire que le mardi est le plus beau jour de ma vie ».

Lamotte répondit :

« En vérité, Madame, vos exclamations font trop
» d'honneur au mardi. Connoissez mieux ce mardi ;
» mais ne me décelez pas ; si je le trahis, songez que je
» ne le trahis que pour vous. Ainsi, jusqu'aux autels.
» Pour commencer par Madame de Lambert qui nous
» préside, apprenez qu'elle ne pense pas comme la
» plupart du monde ; qu'elle traite de frivole ce qui est
» établi comme important, et qu'elle regarde souvent
» comme important ce que beaucoup de braves gens
» traitent de frivole........ A l'égard de M. de Fontenelle,
» vous ne serez pas étonnée de l'entendre traiter d'ex-
» traordinaire : c'est un homme qui a mis le goût en
« principe, et qui en conséquence demeurera froid où
» les Athéniens étouffoient de rire, et où les Romains
» se récrioient d'admiration........ Il faut trancher
» le mot sur M. Mairan ! c'est une exactitude, une
» précision tyrannique qui ne vous fait pas grâce de
» la moindre inconséquence........ L'abbé Montgault
» est tout plein de mauvais principes ; il nous a sou-
» tenu cent fois que les femmes n'étoient faites que
» pour aimer et pour plaire........ Vous voyez bien,
» Madame, qu'il n'y a que moi qui vaille quelque
» chose ».

Outre le *mardi*, Madame de Lambert avoit encore
un *mercredi*, où venoient quelques autres gens de
lettres, mais moins célèbres. Un jour, les convives du

*mardi* n'ayant pas été de l'avis de leur présidente sur une question qu'on agitoit, elle feignit d'en être piquée, et dit qu'elle ne se tenoit pas pour battue, et qu'elle porteroit la question à son *mercredi*, *qui*, ajouta-t-elle, *valoit mieux que son mardi*. On ne fit que sourire de cette préférence, et personne n'en fut blessé. *Mais*, *Madame*, dit avec finesse M. de Mairan, *oseriez-vous bien dire à votre mercredi qu'il ne vaut pas votre mardi?*

Après la mort de Madame de Lambert, les convives se réunirent chez Madame de Tencin, et ce fut chez cette dernière que Marmontel les rencontra. « Il y avoit-là, dit-il, trop d'esprit pour moi. Je m'aperçus qu'on y arrivoit préparé à jouer son rôle, et que l'envie d'entrer en scène n'y laissoit pas toujours à la conversation la liberté de suivre son cours facile et naturel. C'étoit à qui saisiroit le plus vite, et comme à la volée, le moment de placer son mot, son conte, son anecdote, sa maxime ou son trait léger et piquant ; et pour amener l'à-propos, on le tiroit quelquefois d'un peu loin. Dans Marivaux, l'impatience de faire preuve de finesse et de sagacité perçoit visiblement. Montesquieu, avec plus de calme, attendoit que la balle vînt à lui, mais il l'attendoit. Mairan guettoit l'occasion. Astruc ne daignoit pas l'attendre. Fontenelle seul la laissoit venir sans la chercher ».

Vous n'aimez pas, dit madame de Tencin à Marmontel, ces assemblées de beaux-esprits ; leur présence vous intimide : eh bien! venez causer avec moi dans ma solitude.

C'est dans cette solitude que madame de Tencin lui donna des conseils si importans, que je me crois obligé de les transcrire ici. Ils intéressent tous les hommes de lettres.

« Malheur, lui dit-elle, à qui attend tout de sa plume. Rien de plus casuel. L'homme qui fait des souliers est sûr de son salaire. L'homme qui fait un livre ou une tragédie, n'est jamais sûr de rien.

» Faites-vous plutôt des amies que des amis ; car au moyen des femmes, on fait tout ce qu'on veut des hommes. Et puis ils sont, les uns trop dissipés, les autres trop préoccupés de leurs intérêts personnels, pour ne pas négliger les autres ; au lieu que les femmes y pensent, ne fût-ce que par oisiveté. Parlez ce soir à votre amie de quelqu'affaire qui vous touche ; demain, à son rouet, à sa tapisserie, vous la trouverez y rêvant, cherchant dans sa tête le moyen de vous y servir. Mais de celle que vous croirez pouvoir vous être utile, gardez-vous bien d'être autre chose que l'ami ; car, entre amans, dès qu'il survient des nuages, des brouilleries, des ruptures, tout est perdu. Soyez donc auprès d'elle assidu, complaisant, galant même, si vous voulez, mais rien de plus, entendez-vous » ?

Ces conseils sont d'autant plus précieux, qu'ils sortent de la bouche d'une femme vieillie dans l'intrigue.

⁵ Page 31 , vers 16.

Geoffrin les accueilloit...

Du vivant de madame de Tencin, madame Geoffrin alloit souvent la voir. La vieille rusée pénétroit
si bien le motif de ses visites, qu'elle disoit à ses convives : *Savez-vous ce que la Geoffrin vient faire ici ?*
*Elle vient voir ce qu'elle pourra recueillir de mon in-*
*ventaire.* En effet, à sa mort, dit Marmontel, une
partie de sa société passa dans la société nouvelle. Mais
celle-ci ne se borna pas à cette petite colonie ; assez riche pour faire de sa maison le rendez-vous des lettres et
des arts, et voyant que c'étoit pour elle un moyen de
se donner dans sa vieillesse une amusante société et une
existence honorable, madame Geoffrin avoit fondé chez
elle deux dîners : l'un, le lundi, pour les artistes ; l'autre, le mercredi, pour les gens de lettres. C'étoit un ca-
ractère singulier que le sien, et difficile à saisir et à
peindre, parce qu'il étoit tout en demi-teintes, en demi-
nuances ; bien décidé pourtant, mais sans aucun de ces
traits marquans par où le naturel se distingue et se définit. Elle étoit bonne, mais peu sensible ; bienfaisante,
mais sans aucun des charmes de la bienveillance ; im-
patiente de secourir les malheureux, mais sans les voir,
de peur d'en être émue ; sûre et fidèle amie et même

officieuse, mais timide, inquiète en servant ses amis, dans la crainte de compromettre ou son crédit ou son repos. Elle étoit simple dans ses goûts, dans ses vête-mens, dans ses meubles, mais recherchée dans sa sim-plicité, ayant jusqu'au raffinement les délicatesses du luxe, mais rien de son éclat ni de ses vanités ; modeste dans son maintien, dans ses manières, mais avec un fond de fierté et même un peu de vaine gloire.

Pour être bien avec le ciel, sans être mal avec son monde, elle s'étoit fait une espèce de dévotion clan-destine ; elle alloit à la messe comme on va en bonne fortune. Elle avoit un appartement dans un couvent de religieuses et une tribune à l'église des capucins, avec autant de mystère que les femmes galantes de ce temps-là avoient des petites maisons.

Elle écrivoit purement, simplement et d'un style clair et concis, mais en femme qui avoit été mal éle-vée et qui s'en vantoit. Un abbé italien étant venu lui offrir la dédicace d'une grammaire italienne et françoise : *A moi, monsieur*, lui dit-elle, *la dédicace d'une gram-maire ! à moi qui ne sais pas seulement l'orthographe !* C'étoit la pure vérité. Son vrai talent étoit celui de bien conter ; elle y excelloit, et volontiers elle en faisoit usage pour égayer la table, mais sans apprêts, sans art et sans prétention, seulement pour donner l'exemple ; car des moyens qu'elle avoit de rendre sa société agréable, elle n'en négligeoit aucun.

9

<sup>6</sup> Page 31 , vers 6.

Qui voulut réunir les bêtes de Tencin.

Madame de Tencin appeloit *ses bêtes* les gens de lettres de sa société. Un jour elle invita un grand seigneur à dîner avec sa *ménagerie*. C'étoit une plaisanterie, une contre-vérité obligeante. On sent bien que le nom de *bête* donné à Fontenelle n'étoit qu'une manière un peu moins commune de l'appeler un homme d'esprit.

<sup>7</sup> Page 31 , vers 11.

Une autre déité, la tendre Lespinasse.

« A propos de grâces, dit Marmontel dans ses mé-
» moires, parlons de celle qui en avoit tous les dons
» dans l'esprit et dans le langage , et qui étoit la seule
» femme que madame Geoffrin eût admise à son dîner
» des gens de lettres ; c'étoit l'amie de D'Alembert,
» mademoiselle Lespinasse, étonnant composé de bien-
» séance , de raison, de sagesse, avec la tête la plus
» vive , l'âme la plus ardente, l'imagination la plus in-
» flammable qui ait existé depuis Sapho. Ce feu qui
» circuloit dans ses veines et dans ses nerfs, et qui don-
» noit à son esprit tant d'activité , de brillant et de

» charme , l'a consumée avant le temps. Sa présence à
» nos dîners étoit d'un intérêt inexprimable. Continuel
» objet d'attention , soit qu'elle écoutât, soit qu'elle
» parlât elle-même ( et personne ne parloit mieux) sans
» coquetterie, elle nous inspiroit l'innocent désir de
» lui plaire ; sans pruderie elle faisoit sentir à la liberté
» des propos jusqu'où elle pouvoit aller sans inquiéter
« la pudeur, sans effleurer la décence.

» **Son** cercle étoit formé de gens si bien assortis, que
» lorsqu'ils étoient là, ils s'y trouvoient en harmonie
» comme les cordes d'un instrument monté par une
» habile main. En suivant la comparaison, je pourrois
» dire qu'elle jouoit de cet instrument avec un art qui
» tenoit du génie; elle sembloit savoir quel son rendoit
» la corde qu'elle alloit toucher. Je veux dire que nos
» esprits et nos caractères lui étoient si bien connus,
» que pour les mettre en jeu elle n'avoit qu'un mot à
» dire. Et remarquez bien que les têtes qu'elle remuoit
» à son gré n'étoient ni foibles, ni légères. Les Con-
» dillac, les Turgot étoient du nombre. D'Alembert
» étoit auprès d'elle comme un simple et docile enfant.

» Entre cette jeune personne et lui, l'infortune avoit
» mis un rapport qui devoit rapprocher leurs âmes :
» ils étoient tous les deux ce qu'on appelle enfans de
» l'amour......

» L'âme ardente et l'imagination romantique de
» mademoiselle Lespinasse, lui firent concevoir le pro-

» jet de sortir de la médiocrité où elle craignoit de
» rester. Il lui parut possible que dans le nombre de
» ses amis, et même des plus distingués, quelqu'un
» fût assez épris d'elle pour vouloir l'épouser. Cette
» ambitieuse espérance, plus d'une fois trompée, ne
» la rebutoit point ; elle changeoit d'objet ; toujours
» plus exaltée et si vive qu'on l'auroit prise pour
» l'enivrement de l'amour. Par exemple, elle fut un
» temps si éperduement éprise de ce qu'elle appeloit
» l'héroïsme et le génie de Guibert, que dans l'art
» militaire et le talent d'écrire elle ne voyoit rien de
» comparable à lui. Celui-là, cependant, lui échappa
» comme les autres ; alors ce fut à la conquête du
» marquis de Mora , jeune Espagnol , d'une haute
» naissance , qu'elle crut pouvoir aspirer ».

<sup>8</sup> **Page 32, vers 8.**

Vous dîniez aujourd'hui chez la Popelinière.

M. de la Popelinière n'étoit pas le plus riche financier de son temps, mais il en étoit le plus généreux.
Marmontel, admis dans sa société, y rencontra les
artistes les plus célèbres, Rameau, Latour, Carle-Van-
loo, etc. C'étoit avec de tels hôtes que M. de la Popelinière aimoit à se distraire de ses chagrins domestiques.
Peu de maris en ont éprouvé d'aussi cuisans. « Vivons
ensemble, disoit-il à Marmontel, et laissez-là , croyez-

moi, ce monde qui vous a séduit comme il m'avoit séduit moi-même. Qu'en attendez-vous? des protecteurs? Ah! si vous saviez comme tous ces gens-là protégent! De la fortune! et n'en ai-je pas assez pour nous deux? Je n'ai point d'enfans, et, grâces au ciel, je n'en aurai jamais. Soyez tranquille et ne nous quittons pas; car je sens tous les jours que vous m'êtes plus nécessaire ».

Jamais, suivant Marmontel, jamais bourgeois n'a mieux vécu en prince, et les princes venoient jouir de ses plaisirs. A son théâtre, car il en avoit un, on ne jouoit que des comédies de sa façon, et dont les acteurs étoient pris dans sa société. Ces comédies étoient d'assez bon goût et assez bien écrites pour qu'il n'y eût pas une complaisance excessive à les applaudir. Le succès en étoit d'autant plus assuré, que le spectacle étoit toujours suivi d'un souper splendide.

⁹ Page 75, vers 6.

Moins altier, mais plus sage, un poëte autrefois.

C'est Dufresny. Le Sage, dans son Diable Boiteux, fait allusion à ce mariage : « Je veux envoyer, dit-il, » aux Petites-Maisons un vieux garçon de bonne fa- » mille, lequel n'a pas plutôt un ducat, qu'il le dé- » pense, et qui, ne pouvant se passer d'espèces, est » capable de tout faire pour en avoir. Il y a quinze » jours que sa blanchisseuse à qui il devoit trente pis-

» toles vint les lui demander, en disant qu'elle en avoit
» besoin pour se marier à un valet de chambre qui la
» recherchoit : *Tu as donc d'autre argent*, lui dit-il ;
» *car où est le valet de chambre qui voudroit devenir*
» *ton mari pour trente pistoles ?* — *Hé mais*, répondit-
» elle, *j'ai encore outre cela deux cents ducats.* —
» *Deux cents ducats !* répliqua-t-il avec émotion.
» *Peste ! tu n'as qu'à me les donner à moi, je t'épouse*
» *et nous voilà quitte à quitte ;* et la blanchisseuse est
» devenue sa femme ».

Dufresny passoit pour petit-fils de Henri IV.

### 10 Page 84, vers 13.

**Lorsque deux Champenois.**

Dans l'origine, nous ne connoissions qu'un seul *Champenois* ; mais, après de pénibles recherches, nous sommes parvenus à découvrir qu'il en existoit un second. Le public, qui se contente de s'instruire et de s'amuser en lisant leurs *Lettres* mordantes, s'embarrasse fort peu de cette découverte ; mais elle sera très-utile à tous les savans qui s'occupent de l'histoire littéraire, et notamment à M. Barbier, auteur du Dictionnaire des anonymes et pseudonymes.

*P. S.* Au moment où nous écrivons cette note, un troisième Champenois se présente dans l'arène, et vient de publier, à Châlons, un supplément aux *Lettres* publiées à Paris.

### FIN DES NOTES.

# EXTRAIT

## D'UN GRAND OUVRAGE

INTITULÉ :

## BIOGRAPHIE DES AUTEURS

## MORTS DE FAIM.

# EXTRAIT

## D'UN GRAND OUVRAGE

### INTITULÉ :

## BIOGRAPHIE DES AUTEURS MORTS DE FAIM.

———

Homère, qu'ils appellent le prince des poëtes, étoit, sans contredit, le roi des gueux. Il alloit de ville en ville, récitant ses vers pour avoir du pain. Je sais qu'après sa mort, sept villes se disputèrent l'honneur de l'avoir vu naître. Cela est très-honorable sans doute ; mais n'auroient-elles pas mieux fait de se cotiser pour lui faire une petite pension pendant sa vie ? Je dis petite, parce qu'Homère n'auroit pas été fort exigeant, et auroit senti qu'on ne pouvoit pas lui donner autant qu'à un comédien ou à un gladiateur. Vous serez immortels; mais commencez d'abord par mourir de faim... Voilà la destinée des poëtes..

Il semble que de tous les genres de poésie, l'épopée soit celui qui rapporte le moins. Le Tasse se trouva réduit à un tel état de dénuement qu'il fut obligé d'emprunter un petit écu pour vivre une semaine; il alla tout couvert de haillons, depuis Ferrare jusqu'à Sorrento, dans le royaume de Naples, pour y visiter une sœur qui y demeuroit, et, si l'on en croit Voltaire, il n'en obtint aucun secours. Ce poëte fait allusion à sa pauvreté dans un joli sonnet qu'il adresse à sa chatte, en la priant de lui prêter l'éclat de ses yeux :

*Non avendo candelle per iscrivere i suoi versi,*

*n'ayant point de chandelle pour écrire ses vers.* — Il est vrai que le lendemain du jour où il mourut, il alloit être couronné au Capitole par le pape·Grégoire VIII ; mais les juifs de la Lombardie ne lui auroient pas prêté un sou sur.sa couronne de laurier.

Milton eut beaucoup de peine à vendre son Paradis Perdu ; enfin le libraire Thompson lui en donna dix livres sterling , en stipulant que la moitié du prix ne seroit payable que dans le cas où cet ouvrage auroit une seconde édition. — Ce poëme a valu plus de cent mille écus à la famille du libraire...

Au reste , si Milton vécut pauvre, ce fut de sa faute. Il avoit été zélé républicain, et, à l'époque de la restauration, il crut sottement qu'il devoit conserver son opinion et ses principes.

Le Camoëns avoit pour tout revenu une pension de vingt écus que lui faisoit le roi

Sébastien, à la cour duquel il étoit obligé de paroître tous les jours. — Le soir, il envoyoit un esclave mendier de porte en porte. Cet esclave, plus sensible que les compatriotes de ce poëte illustre, l'avoit suivi à son retour des Indes et ne voulut jamais l'abandonner. Le Camoens mourut, si l'on en croit quelques écrivains, dans un hôpital où ses protecteurs eurent la bonté de le faire transporter. La générosité et l'admiration de ses concitoyens éclatèrent après sa mort. On mit cette épitaphe sur son tombeau : *Ci-gît Louis Camoëns, le prince des poëtes de son temps.*

Cervantes vécut dans l'indigence. Ses premiers essais ne l'empêchèrent pas d'être valet de chambre du cardinal Aquaviva. Ses comédies, qui eurent le plus grand succès, son admirable Don-Quichotte, ne purent le tirer

de la misère. La cour, où son mérite étoit
bien connu, ne fit rien pour lui. On rapporte que Philippe III, étant un jour sur un
balcon de son palais, aperçut un étudiant qui
lisoit un livre avec la plus grande attention,
et qui de temps en temps interrompoit sa lecture pour se frapper le front avec des signes
extraordinaires de plaisir. « Ce jeune homme,
dit-il, a perdu la tête, ou il lit Don-Quichotte ».
Aussitôt les courtisans coururent vers l'étudiant pour savoir quel livre il lisoit, et trou-
vèrent que la conjecture du roi étoit juste.
C'étoit sans doute un éloge bien flatteur pour
Cervantes; mais il ne fut suivi d'aucun bienfait; et celui qui en étoit l'objet mourut pauvre comme il avoit vécu.

— Arioste se plaint souvent de sa pauvreté
dans ses satires. Il occupoit une maison très-

petite. Ses amis lui demandant pourquoi, après
avoir décrit dans son Roland tant de palais
somptueux, il avoit bâti une maison aussi mesquine, il répondit : « Qu'il étoit plus facile
d'assembler des mots que des pierres ».

Il fut cependant gonverneur d'une province
de l'Apennin; mais les poëtes ne sont pas pro-
pres à remplir de grandes places; ils ne savent
pas s'enrichir.


L'ingénieux auteur de Gilblas, étranger
aux douceurs que procure une aisance honnête, habita long-temps une petite chaumière
aux environs de Paris, pendant que ses ouvrages faisoient la fortune des libraires. Si l'on en
croit les mémoires du temps, deux particu-
liers se battirent en duel, après s'être disputé
le dernier exemplaire de la seconde édition du
Diable Boiteux. Dans sa vieillesse, Lesage

fut obligé de se retirer avec sa femme et ses
filles, qu'il n'avoit pu marier, chez un de ses
fils, chanoine de Saint-Omer.

Tristan, auteur de Mariamne, et d'autres
tragédies qui furent toutes représentées avec
un grand succès, *passoit*, dit Boileau, *L'été
sans linge* et *l'hiver sans manteau*. Il se plaint
sans cesse, dans ses vers, de son indigence.
Voici son épitaphe qu'il composa lui-même :

Ébloui de l'éclat de la faveur mondaine,
Je me flattai toujours d'une espérance vaine.
Faisant le chien-couchant auprès d'un grand-seigneur,
Je me vis toujours pauvre et tâchai de paroître.
Je vécus dans la peine, attendant le bonheur,
Et mourus sur un coffre en attendant mon maître.

Louis xiv demanda un jour à Racine ce qu'il
y avoit de nouveau dans la littérature ; le poëte
répondit qu'il venoit de voir le grand Corneille
mourant et manquant de tout, même de

bouillon; le roi garda le silence et envoya un secours à Corneille. Quinault vécut fort à son aise; mais il faisoit des prologues..

Où seroit mort La Fontaine, si, après avoir passé près de vingt ans chez madame de la Sablière, il n'eût trouvé un asile chez M. d'Hervart? J'ai appris, lui dit cet ami compatissant, j'ai appris la mort de madame de la Sablière, et je viens vous proposer de venir demeurer chez moi. — J'y allois, répondit La Fontaine.

Duryer, auteur de Scévole, que les comédiens feroient bien de remettre au théâtre, et de plusieurs autres tragédies, travailloit à la hâte pour faire subsister sa famille du produit de ses ouvrages. Le libraire Sommanville lui donnoit un écu par feuille. Le cent de vers alexandrins lui étoit payé quatre francs, et le cent de petits, quarante sous : encore le libraire avoit-il exigé que ces vers fussent *rendus chez lui.* Une des filles du poëte venoit de la campagne, une fois par semaine, traversoit à pied le faubourg Saint-Antoine et une partie de la ville, pour livrer à Sommanville l'ouvrage de son père. Vigneul de Marville ( le P. Bonaventure d'Argonne ) fait une peinture touchante de la détresse de ce poëte infortuné. « Nous allâmes le voir par un beau » jour d'été, dans un village obscur, à une pe- » tite distance de la ville; il nous reçut avec » joie, nous parla de ses nombreux projets, et » nous montra plusieurs de ses ouvrages; mais » ce qui nous intéressa le plus, c'est que, crai- » gnant de nous faire voir sa pauvreté, il ré- » solut de nous procurer quelques rafraîchis- » semens. Nous nous plaçâmes à l'ombre d'un » gros chêne orné d'un épais feuillage; la nappe » fut mise sur le gazon; sa femme nous appor-

» ta du lait, et il nous servit des cerises avec
» de l'eau fraîche et du pain bis. Il nous reçut
» avec beaucoup de gaîté ; mais nous ne pû-
» mes prendre congé de cet homme estimable,
» qui étoit d'un âge avancé, sans verser des
» larmes en le voyant si maltraité de la for-
» tune ».

Dufresny devoit trente pistoles à sa blanchisseuse ; il l'épousa afin de s'acquitter. *Pauvreté n'est pas vice,* lui disoit un jour un de
ses amis. *C'est bien pis,* répondit le poëte. Au
reste, il faut convenir que la sienne étoit la
suite de sa mauvaise conduite ; et Voltaire a eu
raison de dire :

Et Dufresny, plus sage et moins dissipateur,
Ne fût pas mort de faim, digne mort d'un auteur.

On a dit de l'abbé Pellegrin :

Le matin catholique et le soir idolâtre,
Il dînoit de l'autel et soupoit du théâtre.

L'archevêque de Paris le força d'opter, et il préféra le théâtre qui lui rapportoit plus que l'autel. C'est à cette époque qu'il établit un magasin, dans lequel on trouvoit, pour un prix très-modique : *chansons, sermons, madrigaux, panégyriques, épithalames, cantiques, rôles de princesses, de confidentes*, etc..

Ce commerce ne l'enrichit pas. Il vivoit pauvrement et étoit fort mal vêtu. Un mauvais plaisant lui ayant demandé un jour à quelle bataille son manteau avoit été percé de trous : *A la bataille de Cannes*, répondit l'abbé, tombant à coup de canne sur l'impertinent qui insultoit à sa misère. — Lorsqu'on joua son opéra de *Loth*, au moment où l'acteur chantoit : *L'amour a vaincu Loth*, on cria du parterre : *Qu'il en donne une à l'auteur*.

A la première représentation d'un autre opéra, on arrêta, comme coupeur de bourses,

un individu qui disoit sans cesse à son voisin :
*Faut-il couper?* C'étoit un tailleur. L'abbé
Pellegrin lui avoit demandé un habit. L'artiste n'avoit consenti à le faire, que dans le
cas où l'opéra réussiroit, et il avoit mené avec
lui un de ses garçons, dont le bon goût lui
étoit connu. C'est à ce garçon qu'il demandoit
à chaque instant s'il pouvoit *couper* l'habit de
l'auteur.

D'Allainval, auteur de l'*École des Bour-*
*geois*, mourut à l'Hôtel-Dieu, le 3 mai 1753.
J'invite MM. les auteurs du nouveau *Diction-*
*naire historique* à compulser les registres des
hospices, ils y trouveront des renseignemens
bien précieux, qu'ils chercheroient vainement
ailleurs.

Il est à remarquer que ce pauvre D'Allainval, qui n'avoit ni feu ni lieu, a donné aux

Italiens une fort jolie pièce, intitulée l'*Embarras des Richesses.*

Boissy, auteur de plusieurs comédies, dont quelques-unes sont restées au théâtre, vécut long-temps dans une affreuse détresse. Il la cachoit avec soin. Trop fier pour demander des secours, il s'enfermoit chez lui et s'imposoit toutes sortes de privations. Enfin le découragement s'empara de lui, ainsi que de la malheureuse femme qui partageoit son sort ; ils résolurent l'un et l'autre de céder à leur destinée et de se laisser mourir de faim. Quelques voisins charitables apprirent ce funeste dessein ; ils pénétrèrent dans la retraite de Boissy, et, par de prompts secours, de douces consolations, parvinrent à le réconcilier avec la vie.

Le jour de la première représentation de

l'*Amant jaloux*, l'auteur ( D'hele ) écrivit à Grétry :

« Il ne m'est pas permis d'aller chez vous;
» venez donc chez moi tout de suite, et ap-
» portez environ dix louis, sans quoi je vais
» au Fort-l'Évêque au lieu d'aller ce soir aux
» Italiens ».

Son lit, c'est Grétry qui parle, étoit en-
touré d'huissiers. D'hele s'étoit laissé condam-
ner par défaut à l'instance de la femme qui lui
avoit dépensé sa fortune, et qui exigeoit encore le loyer de la chambre qu'elle lui avoit
donnée chez elle.

Étant un jour chez un de ses amis, il se re-
vêtit d'une culotte dont il avoit besoin et sortit.
L'ami rentre, et en s'habillant ne trouve pas
tout ce qu'il lui falloit. M. D'hele seul étoit
entré; mais on n'osoit le soupçonner : cependant, le soir, au caveau, l'ami, posant la main

sur la cuisse de D'hele, lui dit : Ne sont-ce pas là mes culottes ? Oui, répondit D'hele, je n'en avois pas.

Je l'ai vu long-temps, dit toujours Grétry, je l'ai vu long-temps presque nu. Il n'inspiroit pas la pitié ; sa noble contenance, sa tranquillité sembloient dire : Je suis homme, que peut-il me manquer ?

Agrippa, qu'on accusoit d'être en commerce avec le diable, ne sut pas profiter de cette liaison pour s'enrichir. Il mendia long-temps en Allemagne, en Angleterre et en Suisse ; et, après avoir passé une partie de sa vie en prison, il mourut à l'hôpital de Grenoble.

Henri Étienne, auteur d'une excellente version d'Anacréon en vers latins, et d'autres ouvrages estimés, mourut à l'hôpital de

Genève à l'âge de soixante-dix ans, et son petit-fils Antoine termina ses jours à l'Hôtel-Dieu de Paris, âgé de quatre-vingts ans.

Notre savant historiographe André Duchesne, qui avoit recueilli avec tant de soin toutes les pièces authentiques servant à l'histoire de France, se vit obligé de fagotter à la hâte des ouvrages médiocres, et de prostituer son talent pour avoir du pain. Bientôt la misère le chassa de Paris. Il se retira dans une petite ferme qu'il avoit en Champagne, et se tua en tombant du haut d'une charrette chargée de foin.

L'historien Varillas vivoit de peu, avec de bons ecclésiastiques. *Semper parcè et duriter se habebat.* Son appartement étoit un galetas, où le soleil régnoit pleinement en été, et le froid en hiver. Ses fenêtres étoient mal fer-

mées, et sa cheminée étoit sans feu. Un lit
mal garni, trois ou quatre chaises usées, une
table vermoulue, une lampe, une écritoire,
peu de livres et beaucoup de manuscrits, faisoient toute sa richesse. Il étoit si mal vêtu
que Furetière, dans son Dictionnaire satirique,
parle des cordes de son manteau où la vermine
vivoit mal à son aise.

Vaugelas, écrivain estimé, auteur d'une
bonne traduction de Quinte-Curce et d'ex-
cellentes remarques sur la langue françoise,
se tenoit caché dans un petit coin de l'hôtel de
Soissons pour éviter la poursuite de ses créanciers. Il mourut très-pauvre, et légua son
corps aux chirurgiens pour payer une partie de
ses dettes.

La Bruyère a décrit dans ses *Caractères* l'é-
tat dans lequel il s'est trouvé long-temps. —

« Qu'on ne me parle plus d'encre, de papier,
» de plume, de style, d'imprimeur; je re-
» nonce à ce qui a été, qui est, et qui sera
» livre...... suis-je mieux nourri et mieux vê-
» tu? suis-je dans ma chambre à l'abri du
» nord? ai-je un lit de plume, après vingt
» ans entiers qu'on me débite dans la place?
» J'ai un grand nom, dites-vous, et beaucoup
» de gloire: dites que j'ai beaucoup de vent
» qui ne sert à rien. Ai-je un grain de ce mé-
» tal qui procure toutes choses » ?

Diderot fut long-temps obligé de donner des
leçons pour vivre; il faisoit aussi des sermons.
Un missionnaire lui en commanda six qu'il
lui paya cinquante écus. L'auteur estimoit cette
affaire une des meilleures qu'il eût faites.

Tout est cher à Paris, et surtout le pain,
disoit un écrivain, et cet écrivain étoit Jean-

Jacques Rousseau ! Dans les commencemens, il alloit tous les jours prendre une demi-tasse au café Procope ; la conversation des gens de lettres qui s'y réunissoient étoit pour lui un délassement agréable ; mais bientôt sa bourse l'avertit qu'elle ne pouvoit pas long-temps suffire à cette dépense. Il n'alla plus au café que de deux jours l'un, et, un mois après, il cessa tout à fait d'y aller.

Malfilâtre étoit en proie à la misère et à ses créanciers, lorsqu'il commença son poëme de *Narcisse.* M. de Savine, évêque de Viviers, alla le voir, et *trouva* (ce sont ses termes) *le jeune homme le plus aimable dans les horreurs de l'indigence, et dans des frayeurs continuelles d'être arrêté et emprisonné à cause des dettes qu'il avoit contractées.* Il engagea Malfilâtre à se soustraire pour quelque temps aux poursuites de ses créanciers, en changeant de nom et de résidence, et loua pour lui un petit appartement à Chaillot. Le poëte s'y retira sous le nom de *La Forêt*, et au bout de quelques mois il y eut achevé son poëme de *Narcisse*. Peu après, il tomba sérieusement malade. Cependant, une femme à qui il devoit, ayant découvert sa retraite, l'y vint trouver. Malfilâtre, en la voyant, se crut perdu. « Rassurez-vous, lui dit cette excel- » lente femme; je ne viens point vous de- » mander mon argent, mais vous inviter à » venir à Paris, chez moi, où vous recevrez » les secours dont vous aurez besoin ». Mal- filâtre accepta la proposition. Cette femme compatissante et généreuse, dont le nom mé- rite d'être connu, s'appeloit madame La Noue; elle étoit tapissière et demeuroit près de l'é- glise Saint-Germain-l'Auxerois. Elle prit les

plus grands soins de Malfilâtre; mais l'état
de cet infortuné jeune homme étoit devenu
incurable. Après deux ou trois mois de souf-
frances, il mourut chez madame La Noue,
âgé de trente-quatre ans. Gilbert a dit :

> La faim mit au tombeau Malfilâtre ignoré;
> S'il n'eût été qu'un sot, il auroit prospéré.

Ce même Gilbert étoit, dit fort délicatement
La Harpe, *au pain de l'archevêque de Paris
et au vin de Fréron.* Il paroît que ces secours
étoient insuffisans; car Gilbert mourut très-
malheureux : et c'est à l'Hôtel-Dieu de Paris
qu'il termina, dans le désespoir et la misère,
une vie trop courte pour les lettres et pour sa
gloire.

Après la chute de Gustave, La Harpe se
trouva dans une détresse cruelle. Voltaire lui
proposa de venir avec sa femme passer quelque

temps à Ferney pour rétablir ses affaires ; **La Harpe** y demeura treize mois. Pendant son absence, Dorat mit en mouvement toutes ses coteries pour nuire à celui qu'il croyoit être son ennemi. Voltaire, effrayé pour son protégé, s'abaissa jusqu'à écrire à Dorat, une lettre suppliante. « Je vous prie, lui disoit-il, » je vous prie de considérer que c'est un jeune » homme qui a autant de talent que peu de » fortune ».

La Harpe tomba à cette époque dans un tel découragement, qu'il fut sur le point d'accepter une éducation à cinq cents lieues de sa patrie.

L'abbé Raynal, jeune et pauvre, accepta une messe à dire tous les jours pour vingt sous. S'étant enrichi en déclamant contre la traite des nègres, et en prenant un intérêt sur un vaisseau négrier, il céda sa messe à l'abbé de la Porte, en retenant huit sous dessus. Celui-ci, devenu moins gueux par le moyen de ses compilations, la souloua à l'abbé Dinouart, en retenant quatre sous outre les huit sous de l'abbé Raynal ; si bien que cette pauvre messe, grevée de deux pensions, ne valoit que huit sous à l'abbé Dinouart.

M. de Chabrit promettoit à la France un écrivain du premier ordre. M. Garat, après avoir analysé dans le Mercure de France l'ouvrage de cet auteur, intitulé *de la Monarchie française et de ses Lois*, s'exprime ainsi : « Au » moment même que nous félicitions ainsi » M. de Chabrit de ses progrès, que nous l'in- » vitions à de nouveaux progrès encore, une » destinée malheureuse terminoit les jours de » ce jeune écrivain, et l'entraînoit au tombeau

» au milieu de son ouvrage et de sa carrière.

» Né sans fortune, exposé à tous les besoins

» de l'homme et n'occupant son esprit que des

» besoins des nations, le malheur et des cha-

» grins que le désespoir lui a fait trop tôt juger

» éternels ; ont empoisonné et fini sa vie ».

L'abbé de Molière étoit un homme simple et pauvre, étranger à tout, hors à ses travaux sur Descartes. Il travailloit dans son lit, faute de bois, sa culotte par-dessus son bonnet, les deux côtés pendant à droite et à gauche; c'est dans cette position qu'il se vit enlever un jour le fruit de ses foibles épargnes. Les circonstances de ce vol sont si singulières, que je veux, en les rapportant, égayer un peu ce tableau des misères littéraires. Un matin, l'abbé de Molière entend frapper à sa porte. — Qui est là ? — Ouvrez. — Il tire un cordon et la porte s'ouvre. — Qui êtes-vous? — Donnez-moi de l'argent. — De l'argent? — Oui, de l'argent. — Ah! j'entends, vous êtes un voleur. — Voleur ou non, il me faut de l'argent. — Vraiment oui, il vous en faut. Eh bien! cherchez là-dedans; ( il tend le cou, et présente un des côtés de sa culotte. Le voleur fouille.) Eh bien! il n'y a pas d'argent. — Vraiment non il n'y en a pas; mais il y a ma clef. — Eh bien! cette clef? — Cette clef, prenez-la. — Je la tiens. — Allez-vous en à ce secrétaire. Ouvrez. (Le voleur met la clef à un autre tiroir.) — Laissez donc : ne dérangez pas; ce sont mes papiers. Ventrebleu! finirez-vous? Ce sont mes papiers : à l'autre tiroir, vous trouverez de l'argent. — Le voilà. — Prenez; fermez donc le tiroir. (Le voleur s'enfuit.) — Monsieur le voleur, fermez donc la porte. Morbleu! il laisse la porte ouverte! quel chien de voleur! Il faut que je me lève par le froid qu'il fait. Maudit voleur ! L'abbé saute en pied, va fermer la porte, et revient se remettre à son travail sans songer qu'il ne lui restoit plus de quoi dîner.

Le célèbre Dryden mourut dans la misère, à l'âge de soixante-dix ans.

Purchas, qui avoit passé sa vie à voyager et à étudier, fut arrêté, à la requête de son imprimeur, au moment où il alloit publier la relation de ses voyages et le fruit de ses méditations.

Rushworth, auteur des *Collections histo-riques*, passa les dernières années de sa vie et mourut dans une prison où il étoit détenu pour dettes.

Rymer, auteur de la collection des *Fœdera*,

fut obligé de vendre ses livres pour subvenir à ses besoins.

Simon Ockley, orientaliste, a peint sa détresse avec les couleurs les plus vives. La préface de ses ouvrages est datée d'une prison où ses créanciers le retenoient depuis plusieurs années.

Spencer, poëte aimable, languit dans la misère pendant tout le cours de sa vie.

Savage, pressé par le besoin, vendit pour dix guinées un poëme fort gai, intitulé *le Rodeur*, qui lui avoit coûté plusieurs années de travail.

Samuel Boyer, auteur d'un poëme sur la Création, termina ses jours dans une affreuse indigence. Il fut trouvé mort dans un grenier.

John Stow avoit quitté son métier de tailleur, et étoit devenu savant antiquaire; mais, voyant que ses études archœologiques alloient le conduire à l'hôpital, il fut trop heureux de reprendre son aiguille.

Floyer Sydenham consacra toute sa vie à la traduction de Platon, et mourut dans une maison de force, où souvent il fut privé de sa nourriture journalière. — Oh! avec quelle ferveur les gens de lettres doivent dire à Dieu chaque matin : *Panem quotidianum da nobis hodie.*

Butler, dans son poëme d'Hudibras, avoit fait une satire ingénieuse et piquante des partisans enthousiastes de Cromwel, et avoit ainsi servi la cause de Charles II. Ce prince citoit souvent cet ouvrage et en savoit plu-

sieurs morceaux par cœur. — Vous croyez
peut-être que l'auteur en recevoit une pension considérable? — Vous vous trompez :
Butler vécut et mourut pauvre. Un de ses
amis fut obligé de faire les frais de son en-
terrement.

Chatterton, que les Anglois regardent aujourd'hui comme un de leurs plus grands poëtes, s'est tué de désespoir. Il n'avoit pas encore dix-huit ans. En 1770 il vint à Londres, où
il espéroit trouver quelques ressources, soit en
copiant les ouvrages des auteurs, soit en cor-
rigeant leurs épreuves. Ses espérances ayant
été trompées, il s'empoisonna. On a su depuis
que souvent il avoit manqué de pain, et qu'il
regardoit comme un mets délicieux une tourte
de deux sous.

A l'âge de vingt-un ans, la pauvreté de Lin-

née étoit telle qu'il manquoit souvent des choses les plus nécessaires à la vie, et qu'il étoit
réduit à se servir des vieux souliers qu'on avoit
jetés comme hors d'usage, et qu'il raccom-
modoit lui-même avec des morceaux de car-
ton. Cependant, à cette époque, on admiroit
ses connoissances en botanique, et il mettoit
en ordre les matériaux de sa *Bibliotheca Bri-
tannica.*

Wondel, le Shakespéar de la Hollande,
après avoir vécu long-temps du mince produit d'une boutique de bas, mourut de besoin à l'âge de quatre-vingt-dix ans. Ses ob-
sèques offrirent un spectacle singulier : son
corps étoit porté par quatorze poëtes aussi
pauvres que lui.

Le savant Alde Manuce se rendit insolva-

ble, en empruntant une modique somme
d'argent pour faire transporter sa bibliothéque de Venise à Rome où il étoit mandé. La
vente de cette bibliothéque ne put le tirer de
la misère.

Bentivoglio, quoique cardinal, ne put échap-
per à la pauvreté qui poursuit les gens de lettres. Il tomba vers la fin de ses jours dans une
extrême indigence ; et, après avoir vendu son
palais pour satisfaire à ses créanciers, il ne
laissa en mourant, à ses héritiers, que la réputation que ses ouvrages lui avoient faite.

Winkelman fut obligé de se faire maître d'é-
cole dans un village ; et, comme il le dit lui-
même, tandis qu'il enseignoit l'A-B-C à des
enfans couverts de teigne et de galle, il cher-
choit le beau, et méditoit sur les morceaux

sublimes de Platon et d'Homère. Il se nour-
rissoit presque toujours de pain et d'eau, et
faisoit souvent quarante lieues à pied pour voir
un tableau ou une statue.

Xylander vendit, pour une somme très-
modique, sa traduction latine de *Dion-Cas-
sius;* le libraire ayant exigé des notes, notre
savant les fit et les lui vendit pour un dîner.
Son extrême pauvreté, et les travaux non in-
terrompus auxquels il étoit forcé de se livrer
pour vivre, lui firent contracter une maladie
dont il mourut à l'âge de quarante-quatre
ans.

Je ne sais quel homme de lettres disoit :
« La Bastille ne vient pas, et je ne sais com-
ment payer mon terme qui va échoir ».
C'étoit une ressource pour les gens de lettres

que cette Bastille que l'on a détruite d'une manière fort irréfléchie. Quelle chère ils y faisoient ! Marmontel eut le bonheur d'y être admis pour une parodie fort ingénieuse, dont il n'étoit pas l'auteur ; et, quoiqu'accoutumé à de très-bons dîners, il fut émerveillé de celui qui lui fut servi dans cette maison royale. « Bury ( son domestique) m'invite à me mettre » à table ; et il me sert la soupe. C'étoit un » vendredi. Cette soupe en maigre étoit une » purée de fèves blanches, au beurre le plus » frais, et un plat de ces mêmes fèves fut le » premier que Bury me servit. Je trouvai tout » cela très-bon. Le plat de morue qu'il m'apporta ensuite étoit meilleur encore. La pe- » tite pointe d'ail qui l'assaisonnoit avoit une » finesse de saveur et d'odeur qui auroit flat- » té le goût du plus friand Gascon. Je trouvai » qu'on dînoit fort bien en prison.

» Comme je me levois de table et que
» Bury alloit s'y mettre ( car il y avoit en-
» core à dîner pour lui dans ce qui me res-
» toit ) voilà mes deux geôliers qui rentrent
» avec des pyramides de nouveaux plats dans
» les mains. A l'appareil de ce service en
» beau linge , en belle faïence , cuiller et four-
» chette d'argent , nous reconnûmes notre
» méprise ; mais nous ne fîmes semblant de
» rien ; et lorsque nos geôliers , ayant déposé
» tout cela , se furent retirés , *Monsieur*, me
» dit Bury , *vous venez de manger mon dî-*
» *ner ; vous trouverez bon qu'à mon tour je*
» *mange le vôtre.* — *Cela est juste*, lui ré-
» pondis-je ».

Veut-on maintenant savoir en quoi consis-
toit ce second dîner ? Comme c'étoit un jour
maigre , le gouverneur , par un trait de déli-
catesse exquise , avoit ordonné que le philo-

sophe fût servi en gras. On lui apporta donc
un excellent potage ; une tranche de bœuf
succulent, une cuisse de chapon bouilli, ruis-
selant de graisse et fondant, un petit plat d'ar-
tichauts frits en marinade, un d'épinards,
une très-belle poire de crésanne, du raisin
frais, une bouteille de vin vieux de Bour-
gogne, le tout sans préjudice du café et des
liqueurs. L'après-dîner, le gouverneur visita
l'heureux prisonnier, et lui proposa un poulet
pour son souper.

C'est ainsi que l'on étoit traité à la Bastille.
Je ne parle pas de la bibliothéque où l'on
trouvoit les meilleurs livres, des promenades
où l'on respiroit un air si pur, et de la partie
qu'on faisoit, le soir, chez le commandant ou
chez M. le major. La providence sembloit
avoir ménagé aux hommes de lettres cette
aimable retraite dans laquelle ils jouissoient

d'un doux loisir si nécessaire à leur génie , et qu'ils cherchent en vain dans le tourbillon de la société. Aussi, sans parler de la Henriade, que de bons ouvrages sont sortis de la Bastille!

Il m'eût été très-facile d'ajouter beaucoup de noms bien connus à la liste des auteurs malheureux que je viens de citer; mais il est temps de terminer un tableau aussi affligeant; je me contenterai de citer, en finissant, un passage extrait d'un ancien numéro du Mercure de France.

« Ministres des rois, dit dans cet article
» M. Cosseph d'Ustaritz, évaluez à la rigueur,
» le pain nécessaire pour nourrir un homme,
» l'eau qui doit l'abreuver, l'habit décent au-
» quel les portes ne sont pas fermées; et avec
» cette somme ( 1500 fr. ) que vous donnerez
» à quelques jeunes gens, vous ferez naître
» des hommes dont les idées éclaireront vos

» vues et vos desseins sur la félicité des peu-
» ples. Donnez cela et ne donnez pas davan-
» tage; refusez ou retirez tout à qui fera dans
» ce genre une demande de plus. Celui qui ne
» trouve pas dans son talent tous les biens
» qu'il désire, et le dédommagement des plai-
» sirs dont il se prive, n'a point de talent. Ce-
» lui-là n'est fait ni pour éclairer son siècle,
» ni pour s'illustrer lui-même. Qu'il rampe,
» qu'il s'enrichisse et cherche sa félicité dans
» des jouissances que le plus grossier des hom-
» mes peut goûter mieux que lui. »

FIN.

# LIVRES NOUVEAUX

## QUI SE TROUVENT

## CHEZ DELAUNAY.

~~~~~~~~~

Géo-Chronologie de l'Europe, ou Abrégé de Géographie et d'Histoire des divers empires, royaumes et états de cette partie du monde ; comprenant leur situation, étendue, limites, division civile, montagnes, rivières, lacs, baies, etc., histoire naturelle, habitans primitifs, population, mœurs et usages, forme de gouvernement, forces militaires, religion de l'état, langue, littérature, sciences et arts, commerce et manufactures ; avec un Tableau analytique de Chronologie et d'Histoire, depuis la chute de l'empire romain jusqu'à ce jour, par J. Aspin : enrichie d'une Carte coloriée d'Europe ( par Waultier), dans laquelle sont gravées les successions chronologiques des souverains des divers états, avec les dates de leurs règnes, depuis les temps les plus reculés jusqu'à l'époque actuelle : traduit de l'anglais sur la dernière édition, considérablement augmentée : par N. B. D. V.
7 fr. 50 c.

Vie privée, politique et militaire du prince Henri de Prusse, frère de Frédéric ii, 1 vol. in-8.° de 360 pages, imprimé sur beau papier carré fin, en caractères cicéro neuf, orné de son portrait, très-bien gravé, par Roger.                    5 fr.
Le même, papier vélin.                    10 fr.

Le Rollin de la Jeunesse, ou Morceaux choisis des histoires ancienne et romaine, précédés d'un abrégé de la Vie de Rollin, et accompagnés de courtes réflexions ; par un ancien maître-ès-arts, 2 vol. in-12 ornés de gravures.                    6 fr.

*Le même libraire tient un assortiment de livres en tout genre, dont il distribue le catalogue.*